Opal
オパール文庫

# お見合いから溺愛！
## イケメンストーカー社長の求婚

石田 累



プランタン出版

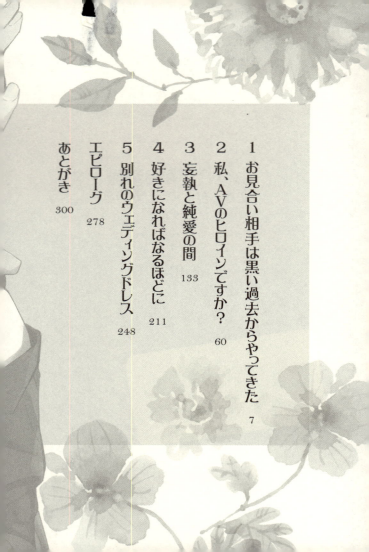

※本作品の内容はすべてフィクションです。

# 1　お見合い相手は黒い過去からやってきた

カン、カン、カン……。

闇の中を、リップスティックが転がっていく。

思い出したくもない過去は、何故だかいつもその場面から展開する。

「きっと、僕の幸運は、最後まで君のお眼鏡に適わなかったことにあったんだろうね」

皮肉に満ちた言葉と、初めて見るような冷たい眼差し。

「さようなら、美嶋《みしま》さん。感謝するよ、僕が幸福だと気づかせてくれたことに」

あの日私は、とても大切なものを失ったのだ。

それは闇の中に転がり落ちていって、多分、二度と戻っては来ない――

「『トゥディラン』？　じゃあ今回は、そちらと契約されるってことなんですか？」

――嘘でしょ。またあの会社なの？

眉をひそめた美嶋祐末《ゆみ》は、電話を切ろうとしたクライアントを急いで呼び止めた。

「ちょっと……ちょっとだけ待ってください。そこをなんとかご再考いただけませんか。こちらでも、もう一度プランを練りなおしてみますので」

ずれた眼鏡を指で押し上げ、祐末は手元のファイルを手早くめくった。これで今月に入って四社目だ。――あと一息で取れかけていた契約を横からあっさりと奪われた。

その泥棒猫みたいな相手は『トゥディラン』。今年の春あたりから都内に進出してきた、大阪に本社を構えるオフィス家具販売会社である。

電話の相手、『やまて商事』の安永《やすなが》部長が、困惑したように唸るのが判った。

「悪いが美嶋さん、うちも急いでいるんだよ。一日も早く施工に入らないと、私の責任問題になるわけだし」

「そこをなんとか！　私と安永部長の仲じゃないですか。三日……いえ、明後日には新しいプランをお持ちします。――ですからなんとか……お願いしますっ」

粘り抜いた末、ようやく安永の了承を取り付けた祐末は、受話器を置いて小さく拳を握りしめた。

これでひとまず首の皮一枚が繋がった。今度こそむざむざ仕事を奪われてたまるものか。

――が、気合を入れて立ち上がろうとした途端、頭を背後からはたかれる。

「って、なにすんですか」

振り返ると、主任の石黒尚《いしぐろなお》が仏頂面で立っていた。三十代後半。入社以来営業畑一筋のベテランだ。ここ——オフィス・デザイン・サポート会社『多幸《たこう》』の営業部主任で、祐未の直属の上司である。

「馬鹿野郎、何無茶な約束してんだ。中一日でプラン変更？　うちのデザイナー殺す気か」

「だって、主任、相手『トゥディラン』ですよ」

回転チェアを回しながら、祐未は目元を険しくさせた。

「土壇場で契約をもって行かれたのは、今月だけで四社目になります。あの会社、絶対にうちを狙い撃ちしてますよ。うちの顧客リストを元に営業してるとしか思えません」

「うちっていうか、お前のな」

図星を指され、祐未はうっと言葉に詰まった。

「もってかれたのは全部お前の担当区、しかもお前と長年懇意にしていたクライアントばかりだ。間違いなく個人的な嫌がらせだよ。お前一体、何やった？」

「何って……」

確かに、強引な営業で、同業者の不興を買ってしまったことは何度かある。でもいくらなんでも、こんな嫌がらせをされるほど深刻なことは——

「向こうの担当の名前は？」

「えっ、えと、……行平《ゆきひら》、行列の行に、平和の平です。顔は、見たことないですけど」

「もちろん知り合いとかでもないんだな?」

祐未はとんでもないという風に首を横に振った。

「契約直前に割り込んでくるあたり、その行平って奴、完全にお前の動きを読んでるな。まさかと思うが、うっかり携帯電話の情報を抜き取られたとかじゃねぇだろうな」

「っ、有り得ないですよ。携帯なら、寝る時以外は肌身離さず持ってますし」

「だったら行平って奴は、お前の熱心なストーカーなんだ」

「……はい?」

真剣に薄気味悪さを覚えていた祐未は、かくんと顎を落として石黒を見た。髭面を緩め、石黒はたまりかねたように笑い出す。

「ぶはっ、悪い悪い、最後のはジョークだ。美嶋にストーカーとか、有り得なさ過ぎて笑い話にもなりゃしねぇ」

「……ちょっと、怒りますよ、マジで」

それでもまだ笑っている石黒を睨みながら、ふと祐未の脳裏をよぎる面影があった。

ストーカー。そういえば、かつてそれに近い人が一人だけいたっけ。

いや、もちろん無関係に決まっているし、あの男のことを思い出す方がどうかしている。

やがて笑いも収まったのか、石黒が元の仏頂面に戻って腕を組んだ。

「まぁ、お前が意地になるのも判るが、少し冷静になって考えた方がいいんじゃねぇか」

「どういうことですか?」

「俺もお前の報告を受けて調べてみたんだが、『トゥディラン』は最近、大手通販会社の傘下に入ったようなんだ。そうなると資金面じゃうちみたいな中小には太刀打ちできな……」

「は？」

「いやです」

少し緩んだひっつめ髪を結び直し、祐未は再びパソコンに向き直った。

「だから諦めろと？　冗談じゃない。それじゃうちは、やられっぱなしじゃないですか」

「っ、馬鹿野郎。意地はるだけ時間と金の無駄だっつってんだよ」

「大丈夫です。無駄にした分は、新しいお客さんで穴埋めしますから」

石黒の唇が引きつるようにひくりと動いた。

「あのな、お前、四月から土日含め一日も休んでないよな。しかも週に二度は会社に泊まりこんでるよな？」

「失礼な……。さすがに朝は一度自宅に帰りますよ」

「そういうこと言ってんじゃねぇ！　お前一人でうちをブラック企業にするつもりか？　頼むからこれ以上仕事を増やすな。大手相手に張り合ったところで時間の無駄だろうが」

「はい、そこまで！」

そんな声と共に、祐未のデスクに、湯気のたつコーヒーカップがトンっと置かれた。

「それこそ時間の無駄ですよ。主任が止めれば止めるほど、美嶋さんが止まらなくなるのはいつものことじゃないですか」

去年入社した、加藤《かとう》りえ。営業部では祐未以外の唯一の女性社員である。

石黒にはつんとした物言いをするりえは、祐未を見るとたちまち相好をほころばせた。

「美嶋さぁん。さっき、外回りのついでにケーキを買ってきたんですよー。食べます？」

「……加藤、お前、美嶋みたいなのに懐いてたら、一生結婚できなくなるぞ」

「それどころか、男化する」

「四年間、服も髪型も変えない女って、俺、初めて見たし」

石黒に呼応するように、部内のあちこちにいる同僚たちから、そんな声が飛んでくる。

「いいんです。私、そういうオヤジっぽい美嶋さんが好きなんですから」

そう言ったりえが祐未の首に腕を回してしがみついてきたので、祐未はげほっと咳き込んだ。しかもオヤジ……まぁ、いいんだけど。

「あ、ありがと……りえちゃん。コーヒー飲むから離れてくれる？」

「はーい」

いつも元気なりえだが、家庭では問題を抱えている。両親は早くに離婚し、母親は長期入院中。弟は高校生で、りえ一人で家事と家計を支えているらしい。

そのせいか、仕事にかけるりえの本気度は半端ではなく、並の男性社員よりもよく働く。

祐未も、自分の知っていることは全部りえに教えてあげるつもりでいる。

「美嶋さん、そんな変な会社に絶対負けないでくださいね！」

りえのガッツポーズには苦笑だけを返し、祐未は空になったコーヒーカップを置いて立ち上がった。

そしてふと思っていた。もし私がこの会社で無価値な人間になったらどうなるだろう。この子も、その途端に手のひら返しで離れていったりするのだろうか。――かつて、祐未の周りにいた同僚たちがそうだったように。

「じゃ、主任、さっそくデザイナーに設計変更してもらいに行ってきます」

「ほんと、俺の助言なんててんで無視すんだな、お前」

石黒の嫌みは片手を上げて聞き流し、祐未は急ぎ足で営業部のオフィスを出た。


営業部の廊下にずらりと貼られている毎月の営業成績表。

成約社数で棒グラフになっており、今年に入ってから、祐未はそのトップの座を一度も譲っていない。

大股で歩きながら、祐未はポケットから取り出した煙草を唇に挟んだ。

火はつけない。社内は全館禁煙だからだ。火をつけない煙草を咥えるのは、苛ついている時の癖のようなものである。

東京都江東区に本店を構える株式会社『多幸』。主にオフィス用品の販売やオフィスデザインなどを請け負っている、トータル・オフィスサポート会社である。

祐未がその営業部に勤務するようになって今年で四年目。総勢十六名の営業部員の中で、月末に締められる営業成績でトップを獲ったのは、数えきれない回数にのぼる。

もちろん、運や偶然の巡り合わせ、いわんや最初の頃陰口を叩かれていたように女を使って仕事を獲ってきたわけではない。人の倍、いや、言葉通り死に物狂いで努力してきた。その自負が祐未にはある。

——それにしても、どうして大阪の、聞いたこともない会社が、私の仕事を奪うような真似《まね》をするんだろう。

歩きながら、自然と自分の眉根が中心に寄ってくるのを祐未は感じた。

石黒の冗談を真に受けたわけではないが、契約寸前の絶妙なタイミングを見計らって割り込んでくるあたり、確かに相手は祐未の動きを熟知しているとしか思えない。有り得ないとは思うが、そうなると少しばかりストーカーじみている。

その時ポケットのスマートフォンが振動したので、祐未は反射的にそれを取り出して耳にあてた。

「はい、『多幸』営業部美嶋！」

「……祐未？」

ふんわりと軽い柔らかな声に、祐未は張り詰めた気持がたちまち緩むのを感じた。

叔父の、美嶋涼二《りょうじ》である。祐未より十歳年上の三十九歳で職業は作家。一人っ子の祐未にとっては、年が離れた兄のような存在だ。

同時に、かつて人生のどん底にいた祐未を、今日まで支えてくれた人でもある。

「怖い声だから驚いたよ。仕事中にかけてしまって悪かったかな」

「ご、ごめんなさい。ちょっと苛々してたから」

「もしかして『トゥディラン』のことかな？　どうやらまた、仕事を奪われたみたいだね」

図星過ぎて言葉も出ない。こんな風に涼二は、いつでも祐未の本心を見抜いては、優しく手を差し伸べてくれるのだ。

「まぁ、その話は会った時にするとしようか。——金曜は大丈夫かな、と思ってね」

「金曜……？」

「ほらこれだ。私と食事に行く約束をしただろう」

しまった。——慌ててポケットから手帳を取り出し、祐未はごほんと咳払いをした。

「大丈夫。一瞬記憶が飛んだけど忘れてたわけじゃないから。叔父さんのお祝いの食事会だもの。何があっても絶対に行くよ」

電話の向こうで、涼二がくつくつと笑う声がした。

「まぁ、電話して正解だったということかな。仕事熱心なのは判るけど、たまには肩の力を抜くように。先日会ったが、兄さんも祐未のことを心配していたよ」

兄さんも——のくだりで、祐未は少しだけ表情を曇らせた。それは、つまり祐未の父親のことだが、昨年心筋梗塞を患った父と祐未とは、もう一年近く会っていない。

「お父さん……元気にしてた？」

「うん。祐未に会いたがっていた。でも……まだ義姉さんの気持が、ね」

通話の終わったスマートフォンをポケットに滑らせると、祐未は一転して憂鬱な気分で再び廊下を歩き出した。

仕事にのめり込んでいると、時々辛い現実を忘れそうになる。離れて暮らしている両親のことが、まさにそれだ。いくら義母に嫌われているからとはいえ、いつまでも叔父を仲介に連絡を取り合うわけにはいかないと判っているのだが……。

「お、美嶋、そこにいたか」

その時、廊下の突き当りから、ひょいと総務課長の小田《おだ》が顔を出した。傍らには庶務担当の若い女の子を従えている。

「さっき社長がお前のこと捜してたぞ。すぐに社長室に来いってさ」

「うわ、マジですか」

露骨に嫌な顔をした祐未を、小田は「ご愁傷様」という目で見てから、眉を上げた。

「てか社内禁煙！　火つけなくても駄目だって言ったろうが。お前とバカ社長くらいだぞ、社内で堂々とそんな真似してんのは」

「すみません、なにか咥えてないと口寂しくて」

「エロいセリフだけど、お前が言うとガチで萎えるわ」

たまりかねたように、傍らの庶務担当の女性が小田を睨んだ。

「ちょっと課長、いくらなんでも、それはセクハラですよ」

「いいんだよ。美嶋は女じゃないんだから」

その言葉をどこか心地よく感じながら、祐未は煙草を口から離して歩き出した。

この会社では誰も祐未を女扱いしないし、祐未もそれを望んでいない。仕事の成果と能力だけが、ここでの祐未の価値の全てである。

もちろん、この状況を心地よいと思えるまでには何年もかかった。今でも、日々の胃薬は手放せないし、神経はいつも張り詰めてピリピリしている。

それでも昔の自分よりは何倍もましだと祐未は思う。地に足をつけて生きているという実感があるし、それが自分で努力して得たものの上に成り立っていると思うと、心の底から安堵できる。――昔、吹けば飛ぶような儚いもので、自身を飾り立てていた頃にだけは、もう二度と戻りたくない。

五年前――ここではない違う会社に勤めていた頃。

その時祐未が持っていた様々なものは、全て過去の、忘却の彼方に捨ててきた。

今祐未が持っているのは、ひとつに束ねたセミロングの髪に、黒縁眼鏡、黒のパンツスーツが一週間分。あとは、誰もが羨む営業のスキルと実績。それだけだ。

そして、それだけあれば、もう何もいらないのだ。余計なものは、もう何も――

「失礼します」

ノックをした祐未が社長室の扉を開けると、応接ソファに鷹揚に座っていた男は、咥えていた煙草を灰皿に押し付けた。社内禁煙――が、ここだけは治外法権だ。

「吸うかい？」

ぶっきらぼうに尋ねられ、祐未は「いいえ」と短く答えた。

『多幸』の代表取締役、田之倉洋介《たのくらようすけ》。去年、先代社長の死去に伴い、専務から社長に就任した二代目である。五十一歳、年の割には黒々とした髪を総髪にして、眼病でもあるのか、いつも目を眩しげにすがめている。

専務時代からあまり人望のある人ではなかったが、社長になってもそれは相変わらずで、目下の人間には尊大な態度を取り、逆に目上には卑屈なほど低姿勢になる。口の悪い小田などは「若社長」をもじって「バカ社長」と呼んでいるほどだ。

「すみません。ちょっとデザイナーさんとの打ち合わせが長引いてしまって……」

「構わないよ。座り給え、今日は君に、少しお願いがあってね」

珍しく柔らかい口調で言って、田之倉は新しい煙草を取り出して口に挟んだ。

「それはそうと、今月も営業成績がトップだったそうだね」

そんなことを社長から言われたのは初めてで、祐未は驚きを隠せずに瞬きした。

「君の採用を決めた父も、あの世でさぞかし鼻が高いだろう。当時はうちも、不況で人員削減をしたばかりだったからね。随分周囲から反発があったんだよ」

「……先代の社長には、本当に感謝しています」

「しかも君は、言っては悪いがわけありだろう。事情を知っている者は当然ながら反対する。それでも父は、どうしてもと言って譲らなかったそうなんだ」

祐未は黙って、煙草を吸い続ける田之倉を見つめた。

言っては悪いが、この話なら酒席で何度も聞かされた。とはいえわざわざ社長室にまで呼び出されて、いかにも恩着せがましく繰り返されたのは初めてだ。

五年前、どこにも行き場のなかった祐未を先代の田之倉社長が拾ってくれたのは事実である。先代社長は叔父の涼二と懇意だったらしく、叔父の頼みを聞き入れて特例採用してくれたのだ。

その意味では、祐未は今でも先代社長に感謝しているし、息子である今の社長にも忠義を尽くすつもりでいる。――が、なんだか今は、悪い予感しかしない。

「まぁ、しかしあれだ。君もいくら優秀とはいえ、そろそろ結婚を考える年だろう。二十九だったかな？　いい相手でもいるのかね？」

「……いえ、生憎そういう人は」

「そうかね」

そう言った田之倉の目が、初めてといっていいほど大きく見開かれたので、祐未は少し驚いて顎を引いた。

「――美嶋君！」

いきなり席を立った田之倉が、床に膝をついて正座する。そして両手を前につくと、総髪をすりつけるようにして土下座した。

「頼む！　私を助けると思って、見合いしてくれないか！」

——は……？

数秒、石みたいに固まった祐未は、停まってしまった自分の体内時計を、気力の全てを総動員して叩き起こした。

「あの、……それは……、あ、いえ、その前に、どうかお顔をあげてください」

社員に挨拶されても眉ひとつ動かさない田之倉が、なりふり構わず土下座している。それだけで事の重大さが窺い知れるようで、祐未は心臓がにわかに脈打ち始めるのを感じた。

やがて椅子に座り直した田之倉は、疲れたような口調で言った。

「実は、ひどく言いがたい話なんだが、うちの取引先の社長が、——ぜひとも、美嶋君と見合いをさせてくれないかと言ってきているんだよ」

「私と、ですか？」

「私も最初は耳を疑ったよ。なにも三十前の……あ、いや、失礼」

確かに失礼ではあるが、実際祐未も、今耳を疑っている。

「それは、何かの間違いじゃないんですか？　だいたいその方は……、私の素性をご存じなんでしょうか」

上手く断って欲しいという願いをこめて、祐未は田之倉の表情を窺った。

だいたいビジネス関係者なら、まず祐未の素性を知れば縁談なんてとんでもないと思うだろう。家柄のいい人ならなおさらだ。

が、田之倉は咳払いをして祐未に向き直った。

「……美嶋君、君、『トゥディラン』という会社を知っているかね？」

たちまち自分の顔が険しくなる。祐未は身を乗り出した。

「知っています。最近、やたらと私のクライアントを横取りする会社です」

「内々の話だがね、実はその『トゥディラン』とうちの合併話が持ち上がっているんだ」

驚きで声も出ず、祐未は目を見開いた。

「正確には、合併を画策しているのは、この春から『トゥディラン』の株を百パーセント保有するようになった親会社だ。今から四年くらい前にできた、ぽっと出のファッション系通販会社だがね。『ウエイク』という社名を聞いたことは？」

首を横に振りながら、祐未は先ほど石黒が言っていたことを思い出す。

（『トゥディラン』は最近、大手通販会社の傘下に入ったようなんだ――）

「ここ数年で頭角を現し、通販大手の一翼を担うようになった会社だよ。今ではファッションに限らず、扱う商品も多種多様だ。そこが今年に入って『トゥディラン』を傘下に組み入れた。つまりオフィス分野にも手を伸ばしてきたというわけなんだ」

田之倉は目を細め、重い息を吐いた。

「情けない話だが、うちも、気づいた時には『ウエイク』にかなりの株を買い占められていてね……。合併の条件を聞いたのだが、とんでもないものだった。このままでは、うちの社員の半分はリストラされることになる」

「そんな」

咄嗟《とっさ》に、家計を支えて働くりえや、まだ幼い子供を抱える同僚らの顔が浮かぶ。

「私としては、無茶な合併話だけはなんとしてでも避けたいと思っている。すると『ウエイク』の社長が、こんな条件を持ち出してきた。それが君との見合いなんだよ。美嶋君」

まだ意味が呑み込めない祐未を、田之倉は少しばかり訝《いぶか》しそうな目で見てから続けた。

「社長の名前は、フカミタカヤ。君よりひとつ年下の二十八歳。『ウエイク』を起業する前は、『三慶《みつよし》コーポレーション』……つまり、かつての君と同じ会社に所属していたそうだ」

フカミタカヤ。——フカミ……深見？

「深見社長は、君の素性を知っているかどうか以前に、そもそも昔の君を知っていたんじゃないかと思う。記憶に、ないかね？」

もう、田之倉の言葉は祐未の耳に入ってはこなかった。

封印していた過去の扉の鍵が開き、当時の——二度と思い出したくない思い出が、一気に脳内を満たしていく。

（さようなら、美嶋さん。感謝するよ、僕が幸福だと気づかせてくれたことに）

——嘘でしょ……。

深見《ふかみ》貴哉《たかや》。

どう考えたって有り得ない。よりにもよってあの人が、どうして今更、私なんかと……。

五年前――二十四歳の祐未は、同年代の女性たちが羨みそうなものなら、何もかも持っていた。

裕福な両親、都内の一等地にある邸宅、手入れされた爪に、磨きぬかれた肌と美貌。高級コスメにブランド服、アクセサリー。

社長だった父のコネで大手企業『三慶コーポレーション』に入社し、役員秘書という肩書を得たが、仕事は一切していない。日がな一日ファッション情報をチェックしては友人たちとSNS。来客のお茶さえ同僚が出してくれる。

社内では、祐未は名実共に女王様だった。いつも取り巻きの女性社員たちを従えて、彼女たちのために、芸能人や資産家の子息を招いたパーティーや合コンを催した。

そして週末は各種サロンで女磨き――その日も、一番仲のいい同僚と一緒に、祐未は人気のネイルサロンを訪れていた。

「祐未さん、祐未さん、――深見君が迎えにきてますよ」

隣席の同僚に声をかけられた祐未は、読んでいた雑誌を置いて視線を窓の外に向けた。

全面ガラス張りの窓の向こうに、日差しに包まれた都心の街並みが開けている。

二階の店内から見下ろせる前面道路に木陰に覆われた路上駐車場があり、そこにシルバーのアウディが停まっていた。車の傍らには、長身の男が立ち、所在なげに腕時計に視線を落としている。

軽い髪色に、アイドルスターのような流行のヘアスタイル。微笑をたたえたような涼しげな目元と、上がり気味の口角。

深見貴哉。祐未が勤務する会社——『三慶コーポレーション』本社の社員で、祐未にとってはひとつ年下の後輩である。

「……今日のスーツもブランド不明。時計もいつもの国産か」

祐未が溜息まじりに呟くと、隣席の同僚——新庄紗英《しんじょうさえ》が呆れたような笑いを漏らした。

「だから祐未さん、そのチェック厳し過ぎですって」

紗英は、祐未と同じ秘書課に所属するひとつ年下の後輩だが、短卒だからキャリアでは祐未の先輩にあたる。甘え上手の人懐っこい性格で、後輩の祐未に、まるで自身が後輩であるかのように可愛らしく懐いてきた。

窓際の席に座る二人の足元では、ネイリストがかしずいてフットネイルを施している。冷えたジンジャーティーを一口含んでから、紗英が続けた。

「深見君、人気ですよ？　今だって通りすがりの女子高生に二度見されてましたし。そんなに悪く言うのは祐未さんくらいじゃないですか」

「だって、しょせん顔だけでしょ」

「それだけじゃないですよ！　いい大学出てるし、間違いなくあの年代の出世頭だし。まだ若いから服にお金かけられないことくらい大目にみてあげないと」

――そこが大問題なんじゃない。

むきになる紗英を横目でちらっと見遣ってから、祐未は再び雑誌を取り上げた。

紗英の言うように、深見が優良物件であることは間違いない。身長一八五センチ、有名国立大卒、加えてモデル並の優れた容姿。現在の配属先は海外事業部営業一課――高学歴者揃いの『三慶』の中でも、エリート中のエリートが配属される部署である。

なのに取り澄ましたところはひとつもなく、人柄は極めて温厚、いつも微笑みを絶やさないことから、海外事業部では『微笑王子』と呼ばれているらしい。が、その噂だけで祐未には「うわっ、駄目」という感じだった。

笑顔や親しみやすさで他人を懐柔するのは、下の立場に慣れきった人間のすることだ。上に立つことを当然とする人間は、そんな媚びるような真似は絶対にしない。目に、表情に、冷酷さや厳しさをちらつかせながら、他人を服従させるオーラを持っている。それが祐未の理想なのだ。

「だいたい彼、ストーカーよ」

雑誌を開きながら、肩をすくめて祐未は言った。くすっと紗英が面白そうに笑う。

「いいじゃないですか。あんなイケメンのストーカーなら」

「冗談じゃないわよ。行く先々には彼氏気取りでついてくるし、私の行動パターンも行きつけの店も全部把握して待ち伏せてるし――今みたいに。本当、マジでうざいんだから」

その話なら何度も聞かされていると言わんばかりに、紗英は鼻の付け根に皺を寄せる。

「まぁ、それだけ聞いたら確かに引きますけど、社長の意向もあるんじゃないですか」

そこは紗英の言う通りで、深見のストーカー行為の半分は、祐未の父、『三慶コーポレーション』社長美嶋伸朗《のぶろう》の命令だということは、祐未だって知っている。

父は、何故だか新人の頃から深見貴哉をいたく気に入っており、信じがたいことに祐未の結婚相手に、と望んでいるようなのだ。

不意に、そんな父への不満がこみあげてきて、祐未は唇を尖らせた。

「全く冗談じゃないわよ。パパったら、私の人生をどう考えているのかしら。なんのために私が、忙しい時間を割いてサロンに通ってると思ってるの」

ネイルサロン、エステサロン、ヘアサロン、ファッションは常に最先端の流行を押さえ、一度袖を通したものは、基本二度と身につけない。週一の合コンと、各種パーティーへのまめな参加は、全て、ハイスペックな結婚相手を探すためのものである。言っては悪いが深見レベルの男など、その俎上にすら上げられないのだ。

「まぁ、社長も、家柄よりは人柄でって気持になったんじゃないですか」

「はっきり言えばもうろくしたのよ。あの年で若いお嫁さんなんかもらうから」

二年前、二十も年下の元秘書と再婚した父は、それを機にすっかり思考が甘くなってしまったようだ。祐未に対する態度も異様なくらい優しくなり、好きな人ができたら家柄など気にせずに結婚しなさいとまで言い出した。それまで「結婚相手は、美嶋家にふさわしい完璧な相手を私が決める！」と、とにかく厳しいことを言っていたのに、である。

だから祐未は、もう父の口利きなど期待せずに、自分で完璧な結婚相手を探している。

それなのに、いまさら深見レベルで手を打てなんて――冗談じゃない。

「まぁ、とにかく私には合わないの。年下だし、お金にも余裕なさそうだし、空気読めないし、生理的に何もかも駄目。そんなにいいなら、紗英がつきあってみれば？」

「いいんですか？」

返事の代わりに、祐未はテーブルの上のスマートフォンを取り上げた。登録済のナンバーをタップすると、窓の向こうの深見貴哉が、少し驚いたようにポケットに手を入れる。

その慌てる様が少しだけおかしくて、祐未はくすりと笑っていた。

「深見さん？　美嶋です」

数秒の間があって、深見貴哉の耳触りのいい低音の声が響いてきた。

「驚きました。祐未さんから電話なんて初めてだから」

語尾に少しだけ艶めいた余韻がある。声は――まぁ、悪くない。

祐未は、スピーカーのアイコンをタップして、再びテーブルの上に置いた。

「今、どこにいるの？」

「青山辺りを車で流しています。祐未さんは？」

そのセリフには、深見贔屓《びいき》の紗英もさすがに笑いを噛み殺していた。このサロンの窓はミラーガラスになっていて、外から中の様子は窺えないのだ。

「っ、そう……偶然ね。今私、青山のサロンにいるの。よかったら迎えにきてくれる?」

「判りました。そこだったら十分もあれば着きますよ」

即座に返される爽やかな声。もちろん深見は、祐未の行きつけの店全てを把握しているから、場所など告げるまでもない。その深見が、不意に口調を改めて言った。

「祐未さん、今夜、空いてますか」

「え……?」

「本当に今日は、電話があってびっくりしました。実は今日、僕の誕生日なんです。できれば夜は、祐未さんと二人で食事をしたいと思って」

紗英が眉をひそめて祐未を見る。祐未も、さすがに可哀相《かわいそう》かなとも思ったが、そろそろこの面倒くさい関係を終わりにしないと、ハイスペックな男に敬遠される事態になりかねない。祐未は気持を切り替えた。

「あ——そう。じゃあスケジュール見てみるわ。で、深見さん、よかったらお店に入ってこない? まだ終わるまで少し時間があるし、退屈だから話し相手になってもらいたいの」

「はい。僕でよければ、喜んで」

「じゃあ、お店の人に案内するよう伝えておくから」

通話を切った祐未は、「個室に移るわ」と、担当のネイリストに告げた。

「深見さんが来たら、ここで紗英の相手をさせて。私は急用ができて帰ったことにしてね」

「可哀相に……。深見君、今、めっちゃ嬉しそうですよ？」

少し咎めるような紗英の声に、祐未はちらっとだけ窓の外に視線を向けた。

車中で時間を潰すことに決めたのか、深見は車のドアに手をかけているところだった。

その明るい表情は、確かに——たとえどんな鈍い人間が見たとしても、「嬉しそう」という形容詞がぴったりくる。

少しだけ、胸の奥がとくんと鳴った。車に乗り込む間際に見えた彼の笑顔は、普段会社でみせる作り物めいたそれと違って、素直な喜びを露わにしているように思えたからだ。

が、すぐに我に返った祐未は、肩をすくめて冷たく言った。

「感情をすぐに顔に出すなんて、ビジネスマン失格ね。彼、やっぱり社畜止まりよ」

そう、別に同情する必要などない。深見もまた、今まで言い寄ってきた男たち同様、社長令嬢という祐未の背景が欲しいのだから。決して祐未そのものではなく。

「……祐未さんって、真性の悪魔ですよね」

「なんとでも言って」

その頃の祐未は、疑いもなく自分を特別な存在だと信じていた。親の力で持たされたものを、なんの迷いもなく自分の武器だと信じていた。

そうやって祐未が我が世の春を楽しんでいる間にも、世の中は未曾有《みぞう》の不況にあえいでいた。それは大手の『三慶』といえども例外ではない。思えばその頃から、破綻の時は少しずつ近づいていたのだ。——

✣✣✣

「もう一杯!」

「祐未、もういい加減にしないか」

空のグラスを差し出した手を、やんわりと上から摑まれる。

「飲み過ぎだ。祐未らしくもない。明日も仕事なんだろう?」

隣のスツールに座る叔父の涼二は、そう言ってカウンター内のバーテンダーにミネラルウォーターをオーダーした。

「大丈夫……私、酔わないから。いくら飲んでも」

カウンターにだらしなくつっぷしながら祐未は呟いた。実際、ビジネス絡みの飲みではいくら飲んでも酔うことはない。なのにどうして、たかだかカクテル五、六杯でこうも頭がくらくらするんだろうと思いながら。

「今夜は、私のお祝いの会なんじゃなかったかな」

「そうなんだけど……ごめんなさい」

神保町のカクテルバー。出版社が近いせいか、雑居ビルの片隅にあるこのバーは、叔父のような作家や編集者たちの行きつけの店のようだ。涼二と食事をした後は、いつもこの店で二次会になる。

話題は、祐未の仕事の愚痴か、父伸朗のこと。でも今夜だけは、荒れている本当の理由を打ち明けるわけにはいかない。『多幸』には、叔父の紹介で入ったのだ。その『多幸』のためにお見合いすることになったなんて——とても言えない。

「そんなことより、叔父さん、直山賞、おめでとう」

昨年、デビュー作でもあり今でも書き続けている『サイコパス探偵』が映画化されてから、涼二は一躍有名人になった。繊細なルックスや秘密めいた私生活が人気を呼び、書店には、『水城《みずしろ》りょう』——涼二のペンネームのタグと共に、大抵顔写真が添えられている。

そして今年は、ついに大きな賞を受賞した。涼二の、作家としての地位はもう揺らぐことはないだろう。

「……結局、苦労して身につけたものがあるか、ないかだよね」

祐未はぽつりと呟いた。

「ん？　なんの話だい？」

「うんん、独り言。そんなことより叔父さん、早く『サイコパス探偵』の続き書いてよ」

「ああ……、あれなら、ちょっと結末でつまずいていてね」

「次が最終巻でしょ？　ヒロインとの恋愛がどうなるのか、気になるんだよねー」

涼二は、祐未の父と同じく財閥系の末裔の家に生まれながら、その恩恵を受けることを一切拒否して家を出た人である。

「作家になりたい」その一言で無情にも勘当された涼二は、大学を中退し、バイトをしながらこつこつと売れない小説を書き続けた。何度も身体を壊しては入院し――そして昨年、ようやく作家として脚光を浴びるようになったのだ。

家柄と財産と肩書に守られていた父と、それを拒否して自身の能力だけで道を切り開いた涼二――現在の二人の立場をみれば、どちらの生き方が正解だったかは明らかだ。

その父と涼二の仲は、若い頃から極めて悪かったらしく、「涼二には絶対関わるな」と、学生だった祐未は何度も厳しく言われたものだ。が、あまり父に従順ではなかった祐未は、隠れて涼二と会っていた。

厳しい父への反発もあったし、学業に各種作法に英会話――常に完璧な女性であることを求められる祐未にとって、涼二は唯一の『避難所』であり、ただ一人の理解者だったのだ。――

その涼二が、グラスを置いて、祐未の顔をのぞきこむようにして向き直った。

きっと女性に生まれたら美人だったに違いない。柔らかな茶髪に憂いを帯びた優しい双《そう》眸《ぼう》。すらりとした長身は、昔からどこか中性的な色気を醸し出している。

「そろそろ話す気にならないか。一体今夜は、どうしてそんなに自棄《やけ》になっているんだ」

祐未が黙っていると、涼二は微かに嘆息して、再び前に向き直った。

「例の『トゥディラン』のことかな？　実は前に祐未から話を聞いて、担当編集者さんに行平という人物のことを調べてもらったんだ。――私も、気になっていたからね」

思わず顔をあげた祐未を、涼二は静かな目で見ながら続けた。

「行平純一《じゅんいち》。彼は元『三慶』の社員だったよ。祐未が退職する少し前に自主退社している。年は祐未より二歳ばかり上だな……。システム開発部にいたというが、知り合いか？」

少しだけ眉を寄せ、祐未は二度かぶりを振った。まぁ、案外向こうは知っていたのかもしれない。でも、そんなことはもうどうでもいい。これでますます確信が強まっただけだ。

それも含めて全てが、週末見合いすることになった男の嫌がらせなのだ。

祐未は軽く唇を噛むと、叔父のグラスを奪い取って、中のウイスキーを一気に飲んだ。

「こら、祐未」

「私の過去がさぁ」

あ、まずい。ろれつが回らなくなっている。

「黒歴史が私に復讐しに来るの。あっはは、まぁ、それも自業自得なんだけどね！」

ああ、世界がぐるぐると回る。

結局は何もかも因果応報。なんで見合いだのなんだの回りくどい真似をするのかは知らないが、深見貴哉は私を侮辱したいのだ。

五年前、私が彼を最低の言葉で侮辱したように……。

✣
✣
✣

「――祐未さん」

背後から呼び止められ、祐未は眉をひそめて振り返った。

「説明してくれないか。……今のは、どういう意味だろう」

少し離れた場所に、表情を強張らせた深見貴哉が立っていた。彼の背後からは、今二人が抜けたばかりのパーティーの喧騒が聞こえてくる。

祐未は軽く嘆息した。全くどこまで空気が読めない男なんだろう。この前のサロンの一件で、いい加減懲りたと思っていたのに。

「どうって、聞いての通りだけど。私、婚約したの。『四ッ菱《よつびし》ファイナンス』の吉澤《よしざわ》さんと」

「じゃあ、僕はふられたということだろうか」

いつもにこやかな深見の表情がひきつっている。

まぁ、それも仕方がないのかもしれない。今夜、父の代理として出席したパーティーで、――そこには、やはり父の命で深見が同行したのだが――祐未は唐突に、というより半ば衝動的に、自身の婚約を公表したのだ。

パーティーで顔を合わせた旧知の女性たちから、やたら「一緒にいる人を紹介して」とせがまれたのが少し癇に障ったというのもある。が、それ以上に「僕には祐未さんがいるので」と、当然のように返した深見にかちんときたのだ。

「いちいちそんな意思表示をしなくても、頭のいい深見さんなら判ってると思ってたわ」

「祐未さんにその気がないことが？　もちろん、それは判ってはいたよ。けれど僕は、君のお父さんに、君のことを頼まれたんだ」

なに、その言い訳。もしかして、嫌々私につきあってましたとでも言いたいわけ。散々彼氏面《ヅラ》してきたくせに、その言い訳が社長に命令されたからって、ダサ……。

むっとした祐未は黙り、深見も無言のままでいた。背後の照明が逆光になって、彼の顔を暗い影で覆っている。

ややあって、深見はようやく微笑んだ。女子社員の誰もが黄色い歓声をあげる微笑。けれど祐未にしてみれば、人をたらしこむことに慣れきった、嘘くさい微笑み方だ。

「ひとつだけ、教えてくれないか。『四ッ菱ファイナンス』は『三慶』のメインバンクだ。君の選択は、政略的意図に基づいたものなのかな」

「なにそれ。そんなの考えたこともないわ」

「……では、何が問題だろう。僕のどこが駄目だったのか、せめて教えてくれないか」

そういうところよ、と返す刀で言ってやりたい気持になった。あまりにも自分に自信がありすぎて、女性にふられるという事態を受け入れることができないところ。

口に出して言う気はないが、今、真剣に傷ついた顔をしている深見が、紗英と関係を持っていることは確認済だ。昨日、紗英のポーチから出てきた避妊具に驚いた祐未に、紗英が自分から打ち明けてくれたのだ。――彼、案外遊び慣れてたから、あまり祐未さんに向いてないかもしれないですよ。

少し苛つきながら、祐未は腕時計に視線を落とした。電話で呼んだ吉澤が迎えにくるまで、あと五分もない。

「じゃあ、手短に言うけど、――深見さん、高校まで公立よね。大学は国立。まぁ、それはいいとして――私、幼稚舎からずっと私立に通ってる人じゃないと、嫌なのよ」

ちらっとその表情を窺うと、祐未の言う意味が判らなかったのか、深見は不思議そうに秀麗な眉を寄せている。祐未はとどめを刺すことに決めた。

「少なくとも私が通った幼稚舎と同等か上のランクじゃないと。小学校も中学校も同じこと、履歴に公立の学校が並んでるなんて、いかにも貧乏くさいじゃない」

黙ったままの深見の頬に、微かに血の気が上るのが判った。

「育ちの差って結局は細かいところに出てくるのよね。たとえば深見さん、車にはお金をかけてるけど、靴と時計は安物じゃない。それって、私的にはすごく恥ずかしいのよ」

「…………」

「これは、教育にお金を惜しんだご家庭の方針の問題になるのかしら。私とつきあいたかったら、どうぞ幼稚園からやり直してきてちょうだい」

ちょっとひどかったかな、とさすがに思った。それに、学歴については本気で言ったわけでもない。でも、深見のような自惚屋《うぬぼれや》の二股男には、ある程度きつい言い方も必要だ。

「祐未」

その時、立ち尽くす深見の背後から、先ほど婚約を発表したばかりの男が現れた。

吉澤徹《とおる》、二十九歳。国内きってのメガバンク『四ッ菱ファイナンス』のバンカーだ。父親は高級デパートのオーナーで、母親は金融系財閥の親族。身長も容姿も深見には遠く及ばないが、そもそもそこは、祐未にはさほど関心のないパーツである。

吉澤は、眼鏡の下の細い目で深見を冷たく一瞥すると、その目を再び祐未に向けた。

「悪いね、少し早く着いたようだ」

「ありがとう。私も今、出てきたところよ」

祐未は微笑んで、動かない深見の傍らをすり抜けた。面倒な問題が、これでひとつ片付いた。そんなすっきりした気分のはずだったのに、何故だか胸の半分が重苦しかった。

吉澤には、今夜祐未が婚約を公表したことはおろか、彼のプロポーズを承知することも伝えていない。祐未は、それを聞いた時の吉澤の喜ぶ顔を想像して、深見との気まずい会話を忘れようとした。

「ところで祐未、『三慶』の連結企業の『みなわ不動産』で起きた不祥事だけど……何か、お父さんから聞いてるかな?」

その吉澤が、歩きながら不意に言った。

「『みなわ不動産』?」

そういえば、最近よく新聞を騒がしているマンションの耐震偽装とか……あれって、うちと関係していた会社だったたっけ。

「さぁ、何も聞いてないけど」

吉澤は、ややつり上がり気味の細い目をさらに細めた。

「そう……だったらいいけど、祐未のお父さんは、事件当時『みなわ』の社長だったからね。少し気になったんだ」

「よく判らないけど、多分関係ないんじゃない？」

吉澤とたわいもない話をしながら、祐未はパーティー会場でもあったホテルのロビーに出た。壁にかけられた大きな鏡に、寄り添いながら通り過ぎる自分と吉澤が映っている。

祐未はふと足を止めていた。

そこに映る誰かの顔が、よく知った誰かに重なって見えたのだ。

造り物めいた嘘くさい笑顔。それは深見と同じ笑い方をする祐未自身の顔だった。

✣✣✣

「祐未……おろすよ」

「ん……」

涼二の手が離れ、祐未はベッドに仰向けに倒れこんだ。

あれ、ここってもしかして私の部屋？　おかしいな。さっきまでバーで飲んでいたはずなのに……。

身体の上に、そっと毛布がかけられる。

「鍵は閉めておくよ。目が覚めたら、ちゃんと着替えてから寝なさい」

頷いた途端、閉じた瞼《まぶた》の裏が暗くなり、祐未は泥のような眠りに落ちる自分を感じた。

その闇に、ちかちかと眩しい光が瞬く。あれはなんの光だろう。とてつもないフラッシュ。家の前に押し寄せたテレビカメラ。怒号のような声、声、声。

目覚めたら、何もかもが変わっていた朝……

❖❖❖

昼過ぎから降りだした雨は、午後二時を回る頃には本降りになっていた。

「自主退社だって」

「だよねー。お父さんが逮捕されたのに、よく今まで残ってたって感じ」

段ボール箱を抱えて社内の廊下を歩く祐未の耳に、そんなひそひそ声が聞こえてくる。

祐未は聞こえないふりでやり過ごした。すれ違う誰もが、一瞬好奇の目を祐未に向けて、それを逸らす。中にはあからさまに嘲笑《ちょうしょう》の目を向けて来る者もいる。

父、伸朗が詐欺罪で逮捕されて一ヶ月が過ぎた。最初騒然としていた社内は、経営陣の刷新と共に冷静さを取り戻し、今はその事件を口に出すこと自体が禁忌のようになっている。

秘書課では誰も祐未に話しかけなくなり、そもそも仕事ができない祐未は、ただぽつんと座っているだけの存在になった。露骨に邪魔者扱いされ、今までしたことのない雑用を命じられるようにもなった。

　でも、この居心地の悪さも今日で終わりだ。昨日、上司に自主退職を促され、祐未はその場で退職届を書いた。今日はただ、荷物を整理するためだけに出社したのだ。

（弁護士さんが言うには、民事訴訟でも起こされたら、うちの財産を全部処分しても追いつかないだろうって……。これからうちはどうなってしまうのかしら）

今朝、そう言ってキッチンで泣き崩れた義母、依子《よりこ》の声が、まだ耳に残っている。

　それでも祐未には、自分を取り巻く全てに現実感がないままだった。父が逮捕されても、成城《せいじょう》には二階建ての豪邸があり、衣装部屋には贅沢な衣服やアクセサリーが溢れている。

　なのに……明日から美嶋家は、一切の収入の道を断たれてしまうのだ。

　不動産や株、そして預貯金は相当額あるはずだが、それがもし賠償に消えてしまったらどうなるのか。何もできない義母を抱えて、さらに何もできない私が、これからどうやって生きていけばいいのか。

　吉澤との結婚だけが一縷《いちる》の望みだが、それも今となっては、どう転ぶか判らない。

　どんっと肩に何かがぶつかって、祐未はバランスを崩してよろめいた。段ボール箱が床に落ち、中の私物が散乱する。

　ぶつかってきたのは、営業部の若い男である。一瞬しまったという顔になった男は、相手が祐未だと判ると、「もたもたしてんなよ」と迷惑げに言って足早に歩き去った。

「…………」

祐未はしゃがみこんで、散らばった私物を拾い始めた。

「なにあれ、コスメと雑誌ばかりじゃない」

「元社長のお嬢様は、男漁《おとこあさ》りがお仕事で、頭の中はお花畑だもんねー」

すぐ目の前が営業部のフロアだった。扉の前では、その営業部のベテラン女子社員が二人、笑いを堪えて祐未を見下ろしている。

「化けの皮がはがれて、これからどう生きていくつもりなのかしらー」

「一応顔だけはいいみたいから、水商売でもすればいいんじゃないの」

さすがに、自分の指が微かに震えるのを感じた。

でも、ここで取り乱せばますます惨めになるだけと思い、ぐっと唇を嚙み締める。その時、大きな手がすっと祐未の目の前に差し出された。

手の中には、ディオールのリップスティック。祐未は、強張ったままの顔をあげた。深見だった。不思議なくらい無表情で、彼は祐未を見下ろしている。

「……ありがとう」

今の自分の感情と動揺を悟られないよう、そっけなく言って祐未は深見に向かって手を伸ばした。

目は合わせなかった。どうしてだか深見にだけには、自分の弱みを一ミリたりとも見せたくはない。かつてふった男に、同情されるのも、優しくされるのもまっぴらだ。

けれど一瞬だけ触れた彼の指が驚くほど冷たかったので、祐未は、抗しきれずに再び顔をあげていた。

深見の顔と髪は雨で濡れ、スーツにもひどい雨染みができていた。彼はひどく暗い目で祐未を見下ろし、祐未は息が詰まったように何も言うことができなくなった。

外回りから戻ってきたばかりなのだろうか。でも、こんなにひどく雨に濡れるって……

理由を訊こうと、口を開きかけた時だった。

「あ、深見君、そんなところにいたんだ」

明るい声と共に軽快な足音が近づいてきた。紗英だ。祐未はぎくりとして視線を伏せる。

(だってあんな女、もうつきあったところで価値なんてないでしょ。社長令嬢が犯罪者の娘なんて、ドラマみたいで笑っちゃう)

父が逮捕された後の秘書課では、紗英の態度が一番辛辣なものだった。手のひら返しはなにも紗英一人にされたわけではなかったが、今まで一番仲良くしていた同僚の変貌ぶりに、ショックを受けなかったと言ったら嘘になる。

「はい、タオル。そんなに濡れて……風邪ひいたらどうするの?」

けれど紗英は、祐未など一切目に入らないように、深見にタオルを差し出した。

深見は黙って立ち上がるとタオルを受け取り、顔や首筋辺りをそれで拭った。その姿を、紗英は奇妙なほど静かな笑顔で見つめている。

どこか気詰まりな空気と、深見を見る紗英の眼差しで、祐未はようやく肝心なことを思い出した。この二人は男女の仲で——それは今でも続いているのだ。

なぜだか急に胸苦しくなり、それを誤魔化すように急いで立ち上がろうとした時だった。中途半端に握りしめていたリップスティックが指の隙間から滑り落ちた。

それは、カンカンカン、と軽い音をたてて、廊下の端まで転がっていく。

「僕は、本当に馬鹿だったよ」

祐未は足を止めた。それが深見の口から出た言葉だとは、すぐに判らなかった。

「きっと僕の幸運は、最後まで君のお眼鏡に適わなかったことにあったんだろうね」

そこで言葉を切ると、深見は初めて見るような冷めた目になって微かに笑った。

「さようなら、美嶋さん。感謝するよ、僕が幸福だと気づかせてくれたことに」

✣✣✣

祐未はぼんやりと目を開けた。明け方の青い光が、カーテンの隙間から室内に薄く差し込んでいる。自分の部屋、昨日のままのパンツスーツ……。

起き上がった途端にこめかみがズキリと痛み、祐未は眉をひそめて額に指をあてた。

なんだろう、なんだって今になってあんな昔の夢を見たんだろう。ああそうか、深見貴哉——よりにもよって、黒い過去の住人の一人と見合いする羽目になったから。

あれから五年もたって、しかも最後は恐ろしく冷たい空気の中で別れたのに、それでも見合いを申し入れてきた。この場合、深見の真意は、どう考えても嫌がらせか皮肉だろう。互いの立場の差を見せつけ、今の祐未を嘲笑するため――それ以外考えられない。

しばらく眉根を寄せて過去の記憶と戦っていた祐未は、不意にやるせない気持にかられて、ベッドにうつ伏せに倒れこんだ。

（私とつきあいたかったら、どうぞ幼稚園からやり直してきてちょうだい）

勢いとはいえ、あの日口にした言葉は、実際、何年も祐未の後悔の種だった。

彼が二股をしていたことは軽蔑に値するが、それを差し引いても言い過ぎだった。貧乏くさいとか、親の教育の問題とか――思えばよく、深見は黙って耐えていたものだ。

あれから五年たった今でも、時折、思い出しては胸が苦しくなる夜がある。怒りか屈辱からか、微かに紅潮した彼の頰。眉根を寄せたまま固まった顔――

最後に侮辱されたのは祐未だった。『三慶』最後の日、どうしてびしょ濡れになった深見が、いきなり祐未の前に現れたのかは判らなかったが、言われたセリフは息の根を止められるほどの破壊力があった。それでも、彼の気は済まなかったのだろうか。――そして、その時よりさらにひどい言葉で、祐未を責めるつもりなのだろうか。

堂々巡りの想像を断ち切ると、祐未は軽く唇を嚙んでから、仰向けになった。

――まぁ、いいか。それで何が変わるというわけでもないし。

明日、深見貴哉にどう侮辱されようとも、自分がこの五年で身につけたものはひとつも損なわれないだろうという自信がある。

財産や肩書のような、立場や状況が変われば跡形もなく失われてしまうものにすがって生きることの愚かしさを、祐未は自身と父の転落から嫌というほど学んだのだ。

『多幸』に就職したのは、たちまち収入を得る必要があったからだが、仕事で評価されることが、少しずつ祐未の自信回復に繋がっていった。自分を守ってくれていたもの全てを失い、びくびくしながら生きていたあの頃の祐未に、仕事は、再び力を与えてくれた。

涼二の作家としての成功も、祐未の生きる指針となった。これからは、自分自身の手で生きていくためのスキルを身に付けるのだ——どんな状況下にあっても、絶対に変わらない能力を。

そして今の祐未がある。仮に『多幸』が倒産したとしても、どの会社に転職してもやっていけるという自信がある。そういう意味では、何も恐れることはない——

……とにかく、明日は私から深見貴哉に謝ろう。

少し落ち着いた祐未は、そう結論づけて目を閉じた。

そうしたら、何年も彼に対して抱き続けた、この不愉快な胸苦しさからも、ようやく解放されるのかもしれない……。


「美嶋君、……何度も言うようだが、本当にそんな服しかなかったのかね」

翌日——日曜日。

隣席の田之倉が、溜息をついて何度目かの愚痴を繰り返した。

「すみません、これ以外はジャージくらいしか持ってなくて」

夕刻、車で迎えに来た田之倉に連れて行かれたのは赤坂の高級料亭だった。

静寂に包まれた座敷は、広い建物の一番奥にある離れのようで、障子の向こうからは水流と鹿威し《ししおど》の音だけ聞こえてくる。

その静けさに耐えられないように、田之倉は息を吐くと、卓上の湯呑を取り上げた。

「何度も言うが、断るなら断るで、失礼のないように頼むよ。深見社長を怒らせたら、うちの会社は終わりなんだ。それをよく理解して欲しい」

「判っています」

仕事着で来たのは、確かにそれしかなかったからだが、同時に祐未の意地でもあった。間違っても深見との見合いに、浮かれているとか期待しているとか思われたくないからだ。

そしてそれ以上に、今の自分の、ありのままを見せつけてやりたいという気持もあった。今の自分の価値観は、過去とはまるで別物なのだ。それを深見に——

そこまで考えて、祐未は気鬱な息を吐いた。再会した深見が今の祐未をどう思うか、結局はものすごく気にしている自分がいる。それがなんだか、すごく嫌だ。

その時、襖の向こうで「失礼します」という女性の声がした。田之倉が腰を浮かせ、祐未は思わず顔を引きつらせて膝の上で拳を握る。

襖が開き、両手をついた和服姿の仲居が微笑んで口を開いた。

「深見様が、おいでででございます」

「申し訳ありません。少し前の仕事が長引いてしまって」

数秒、呆けたように顔をあげていた祐未は、その人の目が自分に向けられる前に、急いで視線を下げていた。

「いや、深見社長、この度はどうも。しかもこのような立派な席を設けていただきまして」

身を乗り出した田之倉が視界の前に割り込んできても、祐未はしばらく顔をあげることができなかった。

――この人……誰？

「いえ、これは僕の我儘ですから。願いをお聞き入れくださって感謝申し上げます」

声は、確かに深見貴哉だ。

でも、でも――顔も雰囲気も、私の知っている彼とは全然違う……。

「ほら、美嶋君、君もさっさと挨拶しないか」

田之倉に小突かれて、祐未ははっと我に返った。ひどく動揺しながらも顔をあげた途端に微笑めたのは、営業畑で培われた経験ゆえかもしれない。

「お久しぶりです。深見社長」

「美嶋さんこそ、お久しぶりです」

淡々と返した深見貴哉は、落ち着き払った表情はそのままに、口角だけを心持ちあげた。

「おかわりなく、と言ったら嘘になりますね。お噂はかねがね。田之倉社長からは、稀に見る優秀な営業マンだと聞いています」

静かな双眸。近寄りがたい空気。感情の上っ面をすくいあげたような冷淡な喋り方。

祐未はうろたえ、再び視線を下げていた。

——嘘みたい。人ってこんなに変わるもの？

昔は、アイドルみたいに爽やかな目で、他人に媚びるような嘘くさい笑い方をする人だった。でも今は——笑っていないことが一目で判る笑い方をする人になった。

腹の底に十重《とえ》二十重《はたえ》に何かを隠し持っている人の、決して本音を見せない笑い方。

「座りませんか、こんな時間だからいい加減お腹も空いたでしょう」

祐未の沈黙をさらりと流すと、深見は、当然のように下座に座り、仲居に飲み物をオーダーした。

「社長は、日本酒がお好みでしたよね。実はいい銘柄を手に入れたのでお持ちしたんです」

「いや、それは、……すまないね。確かに私は、日本酒には目がないんだよ」

へどもどと頭を下げる田之倉の肩越しに、祐未はそっと深見の姿を窺い見た。

昔と比べ、髪が随分短くなった。硬質の黒髪は、子供っぽかった深見を別人のように聡明に見せている。スーツはキートン、腕時計はオーデマ・ピゲ。落ち着いた大人の佇まい、決して本心を見せない喋り方——怖いくらい完璧だ。

「美嶋さんは、ビールでよかったですか」

再び彼と目が合う前に、祐未は急いで視線を下げていた。

「ええ。でも今夜はやめておきます。明日は早朝から仕事なので」

「それは残念です。では、乾杯だけにしておきますか」

おそらく五年前の祐未なら、一目で合格点を出していただろう。でも今は五年前とは違う。彼が昔の深見ではないように、祐未もまた、昔の自分とは違うのだ。

食事が始まり、深見は祐未に、当たり障りのない趣味などの質問をし、祐未もまた、適度に会話が広がる程度の無難な答えを返した。

そんな上辺《うわべ》だけの会話が弾んでいるとでも思ったのか、隣の田之倉はすでに安堵顔だ。が、和やかに話す深見の目が、本当の意味では一度も笑っていないことを祐未は知っていたし、彼も祐未が楽しんでいるふりをしていることを、見抜いているようだった。

やがて話題は自然にビジネスのことになり、専《もっぱ》ら深見と田之倉のやりとりになる。

「うちには全国規模の物流拠点があります。文具の主流も、今や通販の時代ですからね。うちとパートナー契約を結ぶことは、決して悪い話ではないと思いますよ」

「も、もちろんそれは判っていますよ。深見社長。が、しかし……うちには昔ながらのやり方を好む役員が多くてね。しかも他社と合併となると……」

合併・リストラの話は、一体どこまでが本気だろう。祐未は窺うような眼差しを、控え目に深見に向けた。彼はどこまでをビジネスと捉え、そしてどこまでを私への嫌がらせだと認識しているのか。

「今後のことは一緒に考えましょう。もちろん僕にも譲歩する準備はあります」

「それはありがたい。ぜひとも私の立場を——深見社長にもご理解いただきたい」

そこで田之倉が念を押すような目を祐未に向けたので、祐未はさすがに嫌な気持になった。冗談じゃない、まさか、そのための餌が私とでも言うのだろうか。むろんお見合いはそのためだと聞いてはいるが、断るのも自由だと言ったはずだ。

「じゃあ……そろそろ私は、次の約束があるので失礼しようかな」

まるで今の会話がその合図だったかのように、そそくさと田之倉が立ち上がった。

「そんなわけで美嶋君、後はよろしく頼んだからね」

いずれ二人になるのは覚悟していたが、いざそうなると思うと緊張で何も言えなくなる。言葉に詰まっている間に、深見が田之倉を見送るために立ち上がったので、祐未も慌てて立ち上がり、揃って頭を下げる二人の前で静かに襖が閉じられた。

それまでの和やかな雰囲気が嘘だったように、不意に気詰まりな空気になる。

祐未は視線だけを斜め下に固定したまま、取り繕った笑顔を深見に向けた。

「すみません。せっかく素敵なお食事の席を用意していただいたのに」

「いいえ、構いませんよ」

沈黙——席につこうにも、深見は何故か立ったままだ。祐未は仕方なく言葉を継いだ。

「それにしても驚きました。まさか深見さんが起業しておられたなんて」

「そうですか」

「『三慶』はどうして辞められたんですか?」

「別に、一身上の都合です」

「………」

取り付く島のない冷たい答えに、祐未はさすがに戸惑って言葉を呑んだ。そして改めて理解した。先ほどまで、むしろ積極的に会話を構築させていたのは、やはり彼の演技だったのだろう。この人の心の底にあるものは、想像通り過去への怨恨なのだ。

「あの……深見さん」

思い切って謝罪を口にしようとした時だった。いきなり深見が、身体ごと祐未の方に向き直る。驚いた祐未は、反射的に後ろに引いた。

「ひとつ、お伺いしたいのですが」

「な、なんでしょう」

密室で二十センチ以上の身長差は、相手が誰であっても少しばかり怖い。しかも深見の表情は暗く、どこか思いつめている風でもある。

「美嶋さんは……」

そこで言葉を途切れさせた深見は、何故か険しい目になってうつむいた。祐未は息が詰まるような気持で、続きを待った。正直言えば今夜は、予想していた以上に深見の感情が読み切れない。彼の目論見は一体どこにあるのだろう。

「誰でもいいなら、いっそ、僕にしたらどうだ？」

「……………え？」

聞き間違いだろうか？　意味が判らず、祐未は訝しく眉を寄せる。すると深見は元の冷めた目に戻り、少しだけ口角を上げた。

「セックスは好き？」

「………………」

――はい？

「『多幸』に恩義がある君は、立場上僕の誘いを断れない。つまり何を要求されても受け入れるしかない。――違うかな？」

は……？　は……？

「脱いで。それとも僕が脱がそうか。どっちでもいい、まずは君の味を確かめたいんだ」

固まっていた祐未の中に、ようやく深見が言う意味が落ちてきた。

「じょっ、冗談じゃないですよ、誰がそんな――！」

初めて素の言葉が出た途端、心臓が激しく脈打ち始める。一気に部屋の隅まで後退すると、祐未は動揺を懸命に堪えて深見を睨みつけた。

「い、今のは、酒席の戯れ言だと思って聞き流しますけど、誤解されてるならはっきり言いますね。今夜は私、断るつもりで来たんです」

深見の怜悧な目が、ますます冷たさを増して祐未を見つめる。

「もちろん深見社長だって、私と本気でお見合いするつもりなんてないですよね？　なんなんですか、一体。そろそろ本当の目的を言ってくださいよ」

答えない深見が、無言で歩み寄ってくる。祐未は驚いて後退したが、背中はすぐに壁にあたった。

足がすくんでいる間に、暗い影が祐未を覆い、静かに壁の間に囲い込まれる。まさかの壁ドン。相手が奇妙に落ち着き払っている分だけ、祐未の恐ろしさはひとしおである。

「な、なな、な、何するんですか」

「まだ、何もしてない」

怯えながら見上げる祐未を、深見は細くした目に冷笑を浮かべて見下ろした。

「というより、逃げられれば本能的に追いかけたくなる。美嶋さんもそういった男性心理は、よく研究されているのでは？」

「……っ」

それは、間違いなく過去の振る舞いへのあてこすりだ。さすがに諸々悔しくなり、祐未はぐっと拳を握りしめた。

「自惚れないでください。本当に嫌で逃げることだってありますから。今みたいに」

深見が、整った眉をわずかに上げる。

「何を誤解されてるのかは知りませんが、会社のために身を売るほど、私は馬鹿じゃありません。い、言いたいことがあればはっきり言えばいいじゃないですか。なんなんですか、私が謝れば、気が済むんですか」

「……謝る？」

深見が不審そうな目になったので、祐未はますますうろたえて壁に張り付いた。

「と、とにかくですね。セッ……、お、おつきあい的なことは、断固拒否させてもらいます。だいたい誰があなたなんかと――冗談じゃないわ！」

しまったと思ったが、口に出した言葉は取り戻せない。最後の一言は間違いなく余計だった。視線を下げながら冷や汗が背を伝う。こんなはずじゃなかったのに……そもそも謝るためにここに来たはずなのに……。

深見は、祐未の顔を見つめているようだった。彼の冷たい目もその表情も、もう恐ろしくて、祐未には確認することができない。

「そうだったね」

やがて、ひどく静かに深見は言った。

「君は昔から、社畜をひどく軽蔑していた。今は君自身が、僕からみたら紛れもなくその社畜なのだけど、当人としてはそれを決して認めたくはないんだろうね」

穏やかな口調で言われる強烈な皮肉に、頬が微かに熱を帯びるのが判る。

「何が、言いたいんですか」

「いや、僕は嬉しいんだ」

実際深見は、拳を口にあてるようにして、くぐもった笑いを漏らした。

「君を見た時、正直言えばあまりの変わりようにしばらく言葉が出なかった。でも安心したよ。君は本質的には、何ひとつ変わってはいないんだから」

「……どういう、意味ですか」

「僕は、社畜の君には興味がない。僕はね、美嶋さん。あの頃のままの、プライドの高い、他人を見下すことに慣れきった君が欲しいんだ」

——それは、どういう……。

眉を寄せた時、不意に深見が顔を近づけてきた。驚いて顔を背けた途端、大きな手のひらが頬に添えられる。そのひんやりとした冷たさにドキッとした刹那、唇が重なった。

「ちょっと」

顔を横に振って逃げようとした。それを再び強く捉えられ、より濃密に唇を塞がれる。言葉は出てこず、代わりに喉の奥でくぐもった声が漏れた。彼の動きと共に微かに立ちのぼる淡い芳香。ブルガリブラック——昔から一番好きな香り——そう思えたのが最後で、唇の角度が変わった時、頭の中が真っ白になった。

——なにこれ……。

自分の唇の上で、深見の唇が動いている。微かな息遣いと、頬に置かれた指の硬い感触。体温が一気にあがり、祐未は立ちくらみを起こしたように壁にすがった。それを支えるように、深見の片腕が腰に回される。

――ちょ……待ってよ。なんなの、これ。

息ができないし、胸が絞られた雑巾みたいにぎゅっと締め付けられている。

濡れた感触が唇に触れた。胸の深いところがぞくっとする。深見の腕に力がこめられ、さらに深く抱き寄せられる。祐未はようやく我に返っていた。これは――まずい！

「なにすんのっ」

反射的に伸ばした手は深見の胸を突き、その勢いのままに顎の辺りにぶつかった。

ひどく嫌な手応えがした。見上げると、彼は眉をひそめ、親指で口の端を押さえている。何が起きたのかはすぐに判った。祐未がつけていたメタルフレームの腕時計が、勢い余って彼の肌を傷つけてしまったのだ。

しまったと思ったし、謝ろうとも思ったが、なぜだか口が回らなかった。それどころか足にもまるで力が入らず、ずるずるその場に腰をついている。

そんな祐未を表情の読めない目で見下ろした深見は、おもむろに胸のポケットから何枚かの紙片を取り出した。

「今、はっきりと決心したよ。僕は、君を脅迫することにした」

――え……？

「入手ルートは想像にお任せする。ベタな言い方になるが、この写真、世間にばらされたら困ることになるんじゃないかな」

――何？　写真って一体なんのこと？　それに脅迫って……。

息が詰まりそうなほど緊張しながら、受け取った写真の一枚を見て、祐未は脱力の息を吐いた。なんのことはない。夕べ、神保町のバーで涼二と飲んでいた時の写真である。

「この人、私の叔父ですよ？」

気抜けしながらも立ち上がると、最大限の軽蔑をこめて祐未は言った。こんなもので緊張した自分が馬鹿みたいだ。しかもこれ……盗撮じゃない、どう見ても。

「一体どういう間抜けな盗撮ですか。親戚同士楽しく飲んでる写真で、何を脅迫……」

写真を深見に返そうとした祐未は、次に出てきた一枚を見て息を引いた。

なにこれ。

合成？　いや、合成に決まってる。だって、――だって。

「事実は小説より奇なり、なのかもしれないね」

淡々と言って、深見は口角をわずかに上げた。

「作家だから多少は変わった性癖もあるんだろう。でも売出し中の作家が、しかも直山賞までとった作家が、近親相姦はいくらなんでもまずいんじゃないかな」

「な、何、言って……」

「この後、君は叔父さんとセックスしたのかな。目が覚めた状態で？　それとも昏睡した状態で？　いずれにしても、非常に続きが気になる写真ではあるね」

祐未は、混乱したまま手元の写真を一枚一枚確認した。連写だろうか、それとも動画のキャプチャーだろうか。何枚も何枚も、同じアングルが――触れ合う唇が――。

呆然となった祐未の手から、パラパラと写真が落ちた。

何かの間違いか、合成写真に違いない。だって——いくらなんでも有り得ない。酔いつぶれて眠る祐未に、実の叔父が口づけている写真なんて……。

## 2　私、AVのヒロインですか?

とんでもないことになってしまった……。

翌日。朝からデスクで頭を抱える祐未を、同僚たちが訝しげな目で見て通り過ぎる。

「二日酔い?」

「いや、ないだろ。美嶋に限って。ひょっとしてニコチン切れじゃねーの」

そのどちらかだったら、実際どんなにいいだろう。

祐未は髪に指を差し入れ、うつろな目でパソコンの液晶画面に視線を向けた。いくつかのメールを確認する。けれど、内容は少しも頭に入ってこない。

──昨日……あれから……写真を掴んで座敷を飛び出してしまったけど。

写真は、自宅で切り刻んだ後、ベランダの植木鉢の中で火をつけた。もう灰も残っていないが、元データを深見が所持している以上、なんの意味もないことは判っている。

それにしても、叔父は何故あんなふざけた真似をしたのだろう。もちろん酔っていたからだろうし、ちょっとしたスキンシップのつもりだったのかもしれない。――でも普通、姪相手にそれ、やっちゃう？

――駄目だ……考えれば考えるほど、頭が混乱してきた。

ひとまず叔父さんのことは置いておこう。そう思った祐未がコーヒーカップを取り上げて唇につけた時だった。

「美嶋さんって、水城りょうのファンじゃなかったですっけ」

隣席の加藤りえの声に、ぶっと祐未はコーヒーを噴いていた。

「……え、そ、そんなに驚くことです？　今朝買った雑誌に、水城先生の特集記事があったから。美嶋さん、その人の文庫本をいつも休憩時間に読んでましたよね」

戸惑うりえの手から、祐未はおそるおそる週刊誌を受け取った。

『苦節十五年、ようやく認められた才能』

そんな大見出しの下で、涼二が控え目な微笑を浮かべている。一問一答式のインタビュー記事で、おそらく新刊の宣伝を兼ねたものだ。

記事をざっと目で追った祐未は、ある箇所でふと視線を止めた。

――今年、ついに念願の直山賞を受賞されたわけですが、ご自身の生活に変化は。

「家族と連絡が取れるようになりましたね（笑）。特に兄と仲直りできたのは嬉しかった」

雑誌を閉じ、祐未はデスクにつっぷした。

正直言えば、今の祐未には失うものはさほどない。写真が公開されたところで「叔父なんです。ちょっとふざけてただけで」と言い訳すれば終わりである。

けれど、涼二は違うだろう。作家としての立場にどう影響があるのかは未知数だが、兄——つまり祐未の父親からの信頼は、確実に失われる。

それに、会社の仲間たちがリストラされる事態だけは、なんとかして回避しないと……。

「美嶋ァ、外線入ってるから回すぞ！」

その時、石黒のだみ声が、祐未の思考をかきけした。

「ウエイクの深見って男から。初めて聞くけど新しいクライアントか？」


首都高を幕張インターチェンジでおりて、車を走らせること二十分。

深見貴哉が代表取締役を務める株式会社『ウエイク』は、港が見える七階建てのビルの、三階から七階のフロアにあった。

公式ホームページには、『社員の平均年齢二十九歳』とあったが、実際、学生と見紛うほどの若い男女が、雑多なオフィス内の大半を占めている。祐未の経験上、急成長を遂げた企業には独特の活気があって、『ウエイク』もその例外ではないようだった。

社員数四百名、年商二百億。データを見るまでもなく、認めないわけにはいかなかった。三慶時代はただの青二才にすぎなかった深見は、今や紛れもなくビジネス界の成功者だ。しかも起業からたったの四年。そのスピードは驚異的ですらある。

その深見のオフィス——社長室は、若やいだ喧騒とは一線を画した最上階の一角にあった。静かで広く、フロアには秘書室と会議室と休憩室しかない。

ノックをすると即座に中から声が返され、祐未は少し躊躇《ためら》ってから扉を開けた。

広く、色調のバランスのとれた部屋である。上質の光沢を放つアイボリーの絨毯と黒檀のデスク。中央の応接ソファはタモライトグレー、おそらく海外メーカーの特注品だ。

その中で深見は、デスクに背を預けて立っていた。

祐未は反射的に視線を下げた。この男とキスしたのは、思えばつい昨夜のことなのだ。

「少し待っていてくれるかい。今、メールの返信をしているんだ」

深見の手のひらには、モバイル端末。デスクには小型のノートパソコン。他に書類らしいものはなく、いかにも今時の青年実業家のオフィス——といった佇まいである。

今日のスーツはゼニア、ネクタイはフランコ・バッシの上質なグリーン、そして靴はジョン・ロブ。見合いの日と同様、着こなしに一分の隙もない。

「……何が、目的なんですか」

「言わなかったかな」

視線をモバイルに留めたままで深見は続けた。

「君に仕事を頼みたいんだ。この本社は、来春2ブロック先のビルに移転する。そのオフィスデザインをオーダーしたい」

「……そういうことじゃなくて」

小さく息を吸って、それを吐き出してから、祐未はもう一度、深見を見上げた。

「何が、望みなんですか」

モバイルをポケットに滑らせた深見が、わずかに目を細めて祐未を見下ろす。

「もう、合併とか仕事とか回りくどいのはいいですから。写真——深見さんがご想像されているようなことは何もないですけど、あれが出回ると、あまり嬉しくないんです、私」

「……それで？」

祐未はむっと口を噤《つぐ》んだ。こういう場合、喋り過ぎた方が心理的に不利になる。だいたい、今プロポーザルするのは深見であって自分ではないはずだ。

この際だ——祐未は、ささやかな反撃にでることにした。

「あの写真、明らかに隠し撮りですよね。それって、犯罪なんじゃないですか」

「逆に僕を脅迫するつもりかな。確かにそうだ。でも、僕が撮らせたという証拠はない」

「私の手元に昨日の写真があります。あれを調べたら、何か出てくるかもしれないですね」

深見は、しばらく黙ってから、長い指を顎にあてた。

「いや、君はもう、持っていないはずだ」

ドキッとした。確かにその通りだからだ。後になって保存しておくべきだったと気がついたが、もう後の祭りだったのだ。——が、それでも冷静に祐未は微笑した。

「持ってますよ。犯罪の証拠品を捨てるわけがないじゃないですか」

首をかしげた深見が、一歩踏み出す。昨夜同様、祐未はその分だけ後退する。

「いや、嘘だね」

「……は？」

「昨日の夜、君の部屋のベランダから薄い白煙が上がっていた。形状からして煙草とは明らかに違うものだった。あれは、写真を焼いていたんじゃないかな」

ぞぞぞーっと一気に鳥肌が立って、祐未は一目散に壁際まで後退した。

「な、な、なんなんですか、それ」

なんでそんなこと知ってるの。いや、それ以前に、どうして私の部屋を知ってるの？

違う。知られているのは部屋だけではない。今の仕事――営業エリア――彼はおそらく、私の何もかもを把握しているのだ。

「ス、ス、ストーカー……」

それには、さすがに深見も不快気に眉を寄せた。

「失礼な。僕をそんなものと一緒にしないでくれ。恋愛的執着からくるのがストーカーなら、僕のそれは全く違う」

「な、なにがどう違うんですか。隠し撮りしたり、後をつけたり、それもう、完全ストーカーじゃないですか。だいたい深見さん、昔からストーカーみたいなこと」

「――違う。昔も今も僕は」

少し苛立ったように言いかけた深見は、言葉を呑むように息をついた。

「……まぁ、今回について言えば、リサーチだな」

――リサーチ……？

「僕はこれから、君という人間と契約しようとしているんだ。仕事相手は、その嗜好から細かな癖まで完全にリサーチする。もちろん弱点も。それが僕のやり方だ」

そう言われてみれば納得できるような。しかしそれでも、何か根本的なところで納得できないような。

「私と、なんの契約をしようっていうんですか」

「僕らは見合いをした。その結果次に待っているものはひとつしかない。――結婚だ」

――………え？

「結婚。そうでなければ、見合いなど最初から申し込みはしない」

祐未は目を閉じて開き、また閉じて開き、深見の顔をまじまじと見つめた。

「……財産目当てなら、もううちには借金くらいしか残ってないですけど」

「知ってるよ」

手肌にざわざわとした寒気が這い上がってくる。何を言っているんだろう、この人は。本気なら、とても正気の沙汰とは思えない。

「誤解しないでくれないか。僕が欲しいのは、なにも君との結婚生活なんかじゃない」

固まったままの祐未を冷めた目で一瞥し、深見はデスクのチェアに腰を下ろした。

「……君は昨日、謝りたいと僕に言ったな。それが何のことかは察しがつく。五年前、確かに僕は君に手ひどく侮辱された。もちろん自分では消化したつもりだったが――昨日、再会してはっきりと自覚したよ。その傷は、ひとつも癒えてはいなかったんだ」

それにはさすがに、どう答えていいか判らなかった。

「僕はその負の感覚を、自分の中から完全に消し去らなければならないと思った。だとすれば、その方法はひとつしかない。君の心も身体も、完全に僕のものにすることだ」

「ちょっ……」

祐未は目眩を覚えて額を押さえていた。

「ちょっと待ってください。その発想、おかしいですよ！」

「おかしくはない。君に対するマイナス感情は、『多幸』と業務提携を目論む『ウエイク』のビジネス路線にも影響を及ぼす。誰がなんと言おうと、絶対に克服する必要があるんだ」

いや、もっともらしいことを言っているようでも、やはりおかしい。だいたい、それだったらどうして。

「どうして、そもそも私とお見合いしようなんて思ったんですか」

「君も予想していた通り、僕があらゆる面で優位であることを再確認するためだ。しかしそんなことを確認しようと思っていた時点で、僕はすでに優位性を失っていたんだ……」

言葉を切ると、深見は少し悔しそうに眉をひそめた。

「でも安心していいよ。君にも経験があるだろう？　どんなに欲しかった玩具でも、一度手に入れて遊び倒してしまったら、執着は失せ、いずれは飽きてしまうものなんだ」

——なにそれ……。

「僕から逃げたかったら、一秒でも早く僕を夢中にさせることだ。僕の心が完全に満たされた時には、必ず君を解放すると約束する。それが結婚の前なら、当然結婚する必要はなくなるだろうね」

ようやく判った。つまり『結婚』は彼にとっての逆切り札なのだ。そこまでされたくなかったら、早く言いなりになれという……

あまりにも自分勝手で馬鹿馬鹿しい理屈。が、それでも頭の中では、色んなことが渦を巻くように回っている。

先代社長、りえや石黒を始めとする会社の同僚たちのこと、そして叔父の涼二のこと。深見の要求は常軌を逸している。が、今はその深見を突き放すことはできない……。

「……どこまでいったら、あなたが私に夢中になったってことになるんですか」

うつむいて、祐未は拳を握りしめた。

「そんな、目に見えないもので、……判断されても、困ります」

「確かにそれは、僕にしか判らない感覚だけど、間違いなく君にも判るさ。なにしろある日突然、手のひらを返したように君に関心がなくなるんだから」

——最低……。

昔から空気が読めないところはあったが、ここまでひどい男だとは思わなかった。ただ、それがこの五年で培われたものなら、祐未にも責任の一端があるのかもしれない。

「そこまでして、やっと溜飲が下がるってことですか。……やり方としては最低ですね」

精一杯の嫌みを言う祐未を余裕の表情で眺めると、深見はちょいちょいと手招きをした。すでに従属関係が成立したようで不愉快だったが、それを差し引いても断れる立場ではない。祐未はバッグを抱きしめるようにして、渋々と深見の前に立ち——そして、少しだけドキッとしていた。

こうして日が差し込む明るい部屋で向かい合うと、彼の顔立ちの細かなところまではっきりと確認できる。

切れ長の目に、筋の通った綺麗な鼻、形のいい唇。かつて繊細過ぎた輪郭は男らしい厚みを増して、いっそう彼を魅力的に見せている。

そういえば、初めて彼を見た時、あまりに完璧な顔の造りにこう思ったものだ。まるで、少女漫画の中から抜け出したヒーローのようだと。

(——祐未さん)

その当時の深見は、許してもいないのに馴れ馴れしく名前を呼び、どんな皮肉を言ってもにこやかに微笑んでいた。当時は苦手だった嘘くさい笑い方——でも今の深見の十重二十重に感情を包み込んだ表情に、あの頃の可愛らしさは一欠片もない。

「そんなに硬い顔をしなくてもいいよ。もう随分前になるけれど、君は当時つきあっていた男と婚前旅行に行っているね。セックスが初めてじゃないことは判っているんだ」

祐未は黙っていた。おそらくそれは、かつての恋人、吉澤徹のことを言っているのだろう。どうやって調べたかは知らないが、本当にこの男は最低のストーカー野郎だ。

「君が叔父さんにどう開発されているかは、近々僕自身の手で確かめるとして——今日は手始めに、君のお手並み拝見といこうか」

「……お手並み？」

綺麗な目元を楽しそうに細めると、深見は親指で自分の唇の端をつついた。

「ここ」

——ここ？

「目立たないけど、小さな切り傷ができている。昨夜、君に殴られた時にできたものだ。責任をとって、君に消毒してもらおうと思って」

戸惑いながらも目を凝らすと、確かに口角の斜め上に、二ミリ程度の傷ができている。殴った……つもりはないが、祐未がつけた傷であることは間違いない。

「消毒薬、……持ってきてないですけど」

「必要ないよ。というより、この状況でまだ判らないかな。舐めてくれと言っているんだ」

——はい？

たちまち頬が熱を帯び、祐未は自分の身体を抱くようにして後ずさった。深見は平然としたまま、顔色ひとつ変えていない。

「な、なな、何言って……」

「要求としては、極めて易しいものだと思うんだがな。そして君には、願ってもないチャンスでもある。僕を夢中にさせるんだろう？　一日でも一秒でも早く」

「ちょっと待ってください。だ、だからってできることとできないことが」

「できないというなら構わないよ。一ヶ月後、僕らはめでたく夫婦になる」

「はっ？　一ヶ月後？」

「今決めた。すぐにでも式場を押さえておこう」

なんかもう……一から十まで滅茶苦茶だ、この男。

泣きたいような気持で、祐未は再び深見の傍に歩み寄った。椅子に腰掛けている彼と立っている祐未とでは、視線の位置が頭ひとつ分しか違わない。

「おいで」

薄く笑んだ深見が手を伸ばし、祐未の腰を抱いて引き寄せた。開いた脚の間に立たされた祐未は、改めて自分がとんでもない要求を受け入れようとしていることを理解した。

できません、写真は好きにしてください。その言葉がもう喉元まで出かかっている。何も命と引き換えの脅迫を受けているわけじゃない。その気になれば、別の方法はいくらでもあるし、涼二に相談してみてもいいはずだ。

なのに身体だけが、流されるようにひとつの方向に向かって動いている。深見の要求を受け入れるという方向に——その最終決断に至った理由が、自分でもよく判らないままに。

昨日と同じで、心臓が怖いくらい速い脈を打っている。彼の唇が殆ど鼻先の距離にまで近づいた時、さすがに堪えかねて目をつむる。すると、ブルガリブラックのスパイシーで甘い香りが不意に濃厚に漂ってきて、まるでその香りに吸い寄せられるように、祐未は小さく出した舌先で彼の肌を舐めていた。

——っ、は、恥ずかしい……。

指の先まで一気に火照り、頭の芯がくらくらする。よろめきながら顔を背け、逃げるように身を引こうとした時、頭をぐいっと上から押さえつけられた。

「ちょっ……、もう、終わりましたけど」

「駄目だよ。もっと、僕がいいと言うまでだ」

耳元で囁《ささや》かれ、さらに体温が上昇する。

「僕をその気にさせたいんだろう?」

唇が、再び彼の頰すれすれの近さになる。

「舐めて欲しいのは、目に見える傷ではなく、昨夜僕の心についた傷だ。そんなものじゃ、なんの癒やしにもならないね」

この男は、一体、どこまで人を侮辱すれば気が済むのだろう。

一瞬だけ強く唇を噛み締めた祐未は、深呼吸して怒りを呑み込んだ後、再びぎこちなく舌を出した。頭の中で、アイスバーを舐めた時の記憶を呼び起こし、今もそれと同じ行為をしているだけだと懸命に思い込もうとした。

それでも、舌先が彼の肌に触れる度に、羞恥からか身体の芯が痺れるように熱くなる。

恥ずかしい姿勢、どこか淫らに聞こえる水音、自分一人の息遣い。

うっかり唇が触れないよう距離をとっているため、舌は次第に疲れてきて、呼吸もその分乱れてくる。

——も、もうやだ、なんだかすごく、……エッチなことをしてるみたい。

「……ん」

吐息まじりに細い声が漏れた時、それまで動かなかった深見が初めて微かに肩を揺らした。そして、祐未の腰に置いていた手をゆっくりと動かし始める。

「ちょ……」

彼の大きな手は、形を確かめるように腰周辺を撫で回すと、ゆっくりとヒップの方に下りていく。自分でも意識していなかった柔らかな丸みをそっと撫でられ、思わず腰がぴくんっと震えた。

「……まさかこの程度で、動揺しているわけじゃないだろう?」

「し、してませんけど?」

「じゃあ、続けて」

平然と微笑する深見を睨み、再び舌を近づけた時、彼の両手がお尻を包み込んでやんわりと揉み始めた。

「……や」

「続けて」

深見の手は、祐未の膨らみを摑み、引き離しては持ち上げる。それだけでなく、這わせた指を、脚の付け根の方にまで滑らせてくる。

——や、やだ……、なんで、そんないやらしい触り方……。

腰の辺りから、ぞくぞくするような奇妙な感覚が這い上がってくる。このままだと変な声が出そうになって、祐未は急いで深見の唇の端に舌をあてた。

「そう、……しっかり、上手に舐めて」

「っ……、ふ」

次第に浅くなる呼吸。もう、自分が何をして、何をされているのかもよく判らない。思考のどこかが痺れたまま、深見の肩を両手で摑み、懸命に舌を動かし続ける。

深見の手が、再び祐未の腰に戻る。そして腰回りを撫でながら、パンツの中にたくしこんでいたブラウスを引き出そうとした。

「……っだ」

さすがに我に返って、逃げるように腰を引いた時、いきなり深見が顔の角度を変えた。驚く間もなく唇が重なり、出していた舌ごと彼の口中に絡めとられる。

「やっ、ん……」

打って変わった荒々しさで舌を吸われ、一瞬で頭が真っ白になった。

深見の舌が、ぬるっと口の中に入ってくる。自分の舌と彼の舌が狭い口内で密接に重なりあって、淫らな水音が唇の間から漏れ始める。

「ん……んん」

少しだけ唇を離した深見が、浅い息を吐きながら、舌だけを祐未の唇の間に差し入れてくる。

——あ……。

胸がアルコールに浸されたように熱くなり、身体から力が抜けていく。ずるずると膝をつく祐未の上に、今度は深見が覆いかぶさる形になる。

熱っぽくキスを続ける深見の手が、祐未の頬を撫で、首筋を這い、襟元の内側に下りていく。指腹で鎖骨を撫でられ、祐未はびくっと肩を震えさせた。

その反応を確かめるように、彼の指は執拗に同じ場所ばかりを撫で始める。

「あ……ん」

ぞくっと背筋が震え、祐未は深見の腿を手で摑んだ。その刹那、大きく息を吐いた深見が、祐未の頭を抱くようにしていっそう強く自分の方に引き寄せる。

息もできないほど激しく唇が重なった。荒々しいキス、淫らで余裕のない舌の動き。祐未はもう、思考も何もかも溶け落ちたようになって、深見のなすがままになっている。

やがて、ようやく唇を離した深見は、祐未の首に手を添えて支えたまま、上から顔をのぞきこむようにして囁いた。

「……まるで処女みたいな反応だね。知らなかったよ、君は、キスに弱いんだ」

頬を火照らせ、浅い呼吸を繰り返す祐未には、まだ言葉を返すだけの余裕がない。

「とてもそそられたよ。ここ数日疲れが溜まっていたから、余計にね。自分で脱いで、僕の上に跨がるかい？」

「………………」

数秒、その意味を斟酌《しんしゃく》した祐未は、石みたいに固まったまま、視線だけで深見を見上げた。ちょっと、あの、それは——いくらなんでも。

「ここ……ふ、深見社長のオフィスですよね」

「大丈夫、隠しカメラはついてない」

——い、いや、そういう問題では全くなくて。

「危険日？」

ちょっとまって、さっきからこの人、思いっきり誤解してない？　私は——別に——こういうことに慣れているわけでは……

「だったら別の形で責任をとってもらおうか。このままじゃ、さすがに収まりがつきそうにないんでね」

眉をひそめた祐未は、そこで初めて気がついた。彼の膝の間で、しかも腿に手を添えてしゃがみこんでいるこの体勢の危うさに。

視線を下げると、すぐ目の前には、ベルトとスーツに閉じ込められた深見の下肢がある。

顔を背けた途端、かぁっと全身が熱くなった。ちょっと待って、それじゃまるで、本当にAVみたいじゃない！

「さぁ」

頭を抱かれて促され、祐未はうろたえながら深見を見上げた。上機嫌な声とは裏腹に、彼は冷ややかに目を細め、どこか突き放した眼差しで祐未を見ている。

「できない？　吉澤にはできたのに？」

そんな男、もう顔すら覚えていない。さっきもだけど、どうしてそんな大昔の男をいちいち引き合いに出すんだろう。だいたい私と吉澤さんは何も——

その時、扉がノックされて、外から「カシマです」という低音の男の声がした。

「入っていいよ」

慌てた祐未が立ち上がるより早く、深見がそう返事をする。即座に扉が開き、そこに立つ黒いスーツ姿の男に、祐未は——息を引き、立ち上がることも忘れていた。

——ヤ……ヤクザ？

短く切りそろえた五分刈りの髪に、薄い眉。殆ど黒目が確認できないほどの三白眼。背丈は、長身の深見よりさらにあるだろう。

男は、深見の膝の間で座り込む祐未を見ても、その凶相を一筋も動かさず、扉の前に立ったままで淡々と続けた。

「申し訳ありません。外に、コウワ物流の佐藤《さとう》社長がおいでです」

「なにやっとんじゃ、コラァ！　早く社長を連れてこんかい！」

廊下に響き渡るどら声に、祐未はびくっと肩をすくめる。疲れたような溜息をつき、けれどなんでもないように深見は言った。

「すぐに行く。第二応接にお通しして」

なに、なになに？『ウエイク』ってもしかして、別の意味でブラック企業？　会社そのものが脅迫体質？　——ひょっとすると、例の写真を撮ったのもこのヤクザみたいな……

「残念だけど、今日はここまでにしておこうか」

扉が閉まると、深見はあっさりと言って立ち上がった。そして、ふと気づいたように、動けない祐未に手を差し伸べる。

何故だかその刹那、胸のどこかが鈍く痛んだようになって、祐未は視線を逸らしたまま、彼の手を無視して立ち上がった。

「もちろん、これで終わりじゃないよ」

拾ったバッグを再び胸に抱きしめた時、背後から冷ややかな声がした。

「仕事の件では、またこちらから連絡するよ。美嶋さん。君は僕に脅迫されているんだ。——それを、絶対に忘れないように」

——なんだったの、昨日の……。

翌日、再びデスクで頭を抱える祐未を、誰もが不審そうな目で見て通り過ぎていく。

またしても、朝から仕事に身が入らないまま、祐未はぼんやりと溜息をついた。

あんなキス初めてだったし、あんな感覚も初めてだった。

身体中に電気が走って、脳天が痺れて……腰から力が抜けていくみたいな。

よく判らないけど、これはものすごく危険なことだ。またあんなキスをされてしまったら、もう、次に何をされても抵抗する自信がない。

というより、これはどういった不思議だろう。キスされたら、相手は誰でもあんな風になるものだろうか。いや、違う。かつて一度だけ経験したキスは、なんとも言えずに気持悪くて、昨日の深見のキスとは別の意味でぞくぞくと寒気がして……

「あの……、美嶋さん」

その時、囁くような加藤りえの声がした。祐未がふと顔をあげると、丁度、ずかずかと石黒が歩み寄ってくるところだった。

「おい、美嶋、もしかしてお前、『やまて商事』さんとの約束、すっぽかしたか?」

「え……?」

石黒は怒りの形相も露わに、いきなり祐未のデスクを拳で叩いた。

「馬鹿か、てめぇは！　いつまでぼけっとしてる気だ。忘れたのか、お前が無茶な設計変更をやらせた例のあれだ。『トゥディラン』と無駄に張り合ってた仕事だろうが！」

さっと全身の血が引いたようになって、祐未は急いで手帳をめくった。約束は午後三時

――いや、違う。昨日『ウエイク』に赴いている間にりえが電話を受け、帰社した祐未に伝えてくれた。今日の、午前十一時に変更だ。

「すみませんっ」

「馬鹿野郎！　てめぇがどうしてもと言い張るから、安永部長は契約を延期して待っててくださったんだ。それを――馬鹿じゃねぇか？」

営業部は恐ろしいほど静まり返り、祐未は激しい動揺を抑えながら、やまて商事に持っていくはずだった書類をまとめはじめた。

「無駄だ、向こうはもう、お前の顔なんて見たくもねぇとよ」

「謝ります。謝って、もう一度プランを説明させてもらいます」

「謝るのは当たり前だ。土下座して、頭をすりつけて謝罪してこい！」

「――主任、美嶋さんは疲れてたんですよ。昨日だって、すごくだるそうな顔で戻ってきて、そこに私が伝言なんてしたから」

りえがたまりかねたように口を挟む。余計なことを言わないでと思ったが、それより前に「うるせぇ！」という石黒の怒声が飛んだ。

その間も、収まりきらない動揺が、祐未の指を震わせる。

どうしてこんな、新人時代にもしなかったような馬鹿げたミスをしてしまったんだろう。二晩、ほぼ徹夜してくれたデザイナー。契約延期までしてくれたクライアント。たった一日、数時間ぼんやりしていただけで、その全ての信頼を裏切ってしまったのだ――

その時だった。いきなり営業部の扉が開いて、有り得ない人が顔を出した。

「美嶋君はいるかね」

ぎょっと石黒が足を止める。いや、石黒だけでなく全員が動きを止める。田之倉社長——気位の高い社長自らが営業部に赴くなど、今まで一度もなかったからだ。

デスクの前に立つ祐未を見て、田之倉はほっとしたように表情を緩めた。

「よかった。急いで来たまえ、今、深見社長が私のオフィスに来られているんだ」

それにはさすがに、祐未は眉を険しくさせた。このタイミングで行けるわけがない。それに、八つ当たりを承知で言えば、こうなった元凶は全て深見貴哉にあるのだ。

「社長、申し訳ありませんが、美嶋には今、別の仕事が入っておりまして」

この状況で——と思ったのは同じだったのか、やや硬い口調で石黒が口を挟む。が、普段社員の反論に慣れていない田之倉は、たちまち怒気を露わに眉をはねあげた。

「そんなもの他の誰かにやらせておけ！　女の代わりなどいくらでもいるだろうが！」

「いや、しかしですね」

「いいか。今日はもう、美嶋君には何一つ仕事をさせるな。これは社長命令だ」

「……社長」

にわかに胃が痛み出すのを感じながら、たまらず祐未は口を開いた。もう、最悪の上に最悪の展開だ。今日ばかりは深見に会っている場合じゃない。自分がしでかしたミスの後始末は絶対に自分にしかできないのだ。

しかし田之倉は祐未を一瞥もしないまま、ひとさし指を突き出して石黒に向けた。

「これ以上ぐずぐず言うようなら、上司のお前だ、お前を今すぐクビにしてやるからな。判ったらさっさと仕事に戻れ！」


深見の車に乗せられて辿り着いたのは、港にほど近い場所にある、竣工を目前に控えた十五階建てのビルだった。

「十五階と十四階、このツーフロアがうちのオフィスになる予定だ」

前を行く深見の声で我に返った祐未は、車の中で聞いた説明の半分も頭に入っていないことに改めて気づいた。

――そうか、ここが『ウエイク』の新社屋なんだ……。

今は、内装工事の最中なのだろう、様々な機械音と現場作業員の声が飛び交っている。

「……今日は随分機嫌が悪いようだね」

エレベーター前で足を止めた深見が、微かに眉をひそめて祐未を見下ろした。

「別に。……普通ですけど」

祐未はそっけなく言うと、深見の横をすり抜けるようにしてエレベーターに乗り込んだ。

いくらこれは仕事だと自分に言い聞かせても、さすがに今日は深見の顔を見たくない。

深見は何も言わず、エレベーターが最上階につくと、先立って降りた。

「細かいデータは会社の方に送らせてもらうが、概ね三百人規模の社員がここで働くことになる。僕としては部局ごとの仕切りがない、ワンフロアのオフィスにしたいんだ」

続く説明に頷きながら、祐未はフロア全体を見渡した。天井が高くて採光もいい。というよりこれだけ大きな仕事は、祐未にも『多幸』にも初めてかもしれない。

なのに気持は重苦しく沈んだまま、つい祐未は石黒からの着信を確認してしまっていた。

結局『やまて商事』には、石黒とりえが二人して謝罪に赴くことになった。どうなっただろう——できることなら、今からでもタクシーで、二人の後を追いかけて行きたい。

「……かな？」

「え？」

深見の声の、語尾にだけ反応した祐未を、彼はしばらく無言で見つめてから口を開いた。

「見積もりはいつごろできるかな、と聞いたんだが」

「ああ……すみません。それは……ここまで規模の大きな仕事は、私には初めてで」

しどろもどろに答えてから、祐未は気まずく視線を下げた。いつもの自分なら、分不相応の仕事でも適当に納期を設定して、関係部局に無茶な要求を振っていた。

でも、今はどうしたって、そんな元気は出てこない。ミスのことが頭から離れない。

「あの、……深見社長」

思い切って深見を見ると、彼は腕を組んだまま、やや不機嫌そうに首をかしげた。

「申し訳ありません。すぐに代わりの、もっと詳しい者を寄越しますので、今日はもう、失礼させていただいてもよろしいですか」

「どういうことだろう。僕は担当に君を指名したつもりだが」

それもどうせ、嫌がらせのひとつでしょう？　喉まで出かかった皮肉を呑み込み、祐未は深々と頭を下げた。

「どうしても、私が行かないと収拾がつかない仕事があるんです。すみません、見積もりの件は、今日中にご連絡しますので！」

しばらく眉をひそめるようにして祐未を見ていた深見は、片腕を振り上げるようにして「だめだね」と言い捨てた。

「どうしてですか」

「君は馬鹿か。それとも俺に甘えているのか。それがどんな仕事か知らないが、今、俺が提示した以上の仕事が他にあるのか！」

初めて耳にする深見の乱暴な口調に、祐未は驚いて息を引いた。深見もまた、一瞬の感情の昂ぶりに気がついたのか、微かに息をついて、視線を逸らす。

「僕が、『多幸』との契約を考えているクライアントなら、今の君の態度だけで、即アウトだ。確かに僕は君を脅迫中だが、仕事は仕事だ。間違ってもそこで甘えるな」

――なによ……それ。

今まで散々卑怯なことをしてきたくせに、人に説教ってどういうこと？　だいたいどうして脅迫されてる私が、脅迫してるあんた相手に甘えなきゃいけないのよ！

ぐうっと拳を握りしめた祐未は、二度深呼吸して気持を鎮めてから顔をあげた。

悔しいけど、そして何もかもとは思わないけど、確かにこの男の言う通りだ。会社の利益を考えた時、優先させるべきは『やまて商事』ではなく、『ウエイク』である。

「判りました。少しお時間ください。五日以内には見積もりをお渡しできると思います」

「思います？」

「お渡しします。でも今日は本当に失礼させてください。『やまて商事』に行きたいんです」

深見が訝しそうに眉を寄せる。事情を知らない深見の前でうっかり社名を出した迂闊さを悔みながら、祐未は急いで簡単な事情を説明した。

「……そんなわけで、『トゥディラン』とうちでクライアントを取り合う形になってしまって……、それは、当然深見社長もご存じのことと思いますけど」

そこは、少しだけ嫌みを含めた。が、深見は、その端整な顔を眉一筋動かさない。

「そのプレゼンの約束を私のミスですっぽかしてしまったので、直接行って謝りたいんです。そうでないと、『やまて商事』さんとこの先仕事ができなくなりますから」

「向こうの営業担当の名前は？」

不意に深見が口を開いた。

「え、向こうって……」

「『トゥディラン』、僕も知っての通り、君の仕事を妨害している会社の担当者だよ」

「……行平さんと、いう人ですけど」

自分で企んだ嫌がらせのくせに、当の担当の名前も知らないのだろうか。

「知り合い？」

「ち、違いますよ。でも、昔『三慶』本社にいたっていうから、どこかで顔は合わせているのかもしれないですけど」

深見は黙って眉を寄せる。その表情と沈黙を不思議に思いながらも、祐未はスマートフォンを取り上げて耳にあてた。

「あ、石黒主任？　美嶋です。今から私もそっちに——」

いきなり手の中からスマートフォンの感覚が消えた。祐未は驚いて振り返る。深見が、背後から取り上げたのだ。

「はじめまして。僕は彼女に仕事を依頼している『ウエイク』の深見といいます。田之倉社長に聞いているとは思いますが、今日は彼女、そちらには行けませんよ」

「ちょっ、なにしてるんですか！」

祐未が伸ばした手をひらりとかわすと、深見は窓の方に向かって歩き出した。

「この件はそちらで片付けてください。今後、彼女は一切関わらないということで。では」

呆然とする祐未の前に、通話の切れた端末が差し出される。

さすがに、怒りで指が震え、祐未はしばらく動くことができないでいた。

そんな祐未のポケットにスマートフォンを落とすと、深見は顎に手をあてて微かに笑う。

「見積もりは五日以内に。それでビジネスの話は終わりにしよう。後は結婚前提で交際をしている、君と僕の時間だ」

——冗談でしょ……。

「このフロアについては成約済みで、内装工事も終わっている。僕ら以外は誰も来ない」

「…………」

「さぁ、昨日の続きをしてもらおうか」


祐未が動かないでいると、深見がゆっくり歩み寄ってくるのが判った。

まだ憤りで、祐未は声も出なかった。一体なんなの、この男。さっきは甘えるなとかなんとか、いっぱしのセリフを吐いたくせに、それから数分も経たない内に、私の仕事を私怨で台無しにするなんて——

肩を掴んで引き寄せられる。反射的に逃げようとした祐未の身体を反転させるようにして、彼は祐未を、顔を壁側に向けて押し付けた。

「っ、なにするんですか」

予想外に乱暴な真似をされたことと、相手の顔がいきなり見えなくなった不安から、つい頼りない声が出る。

肩越しに、深見のくぐもった笑い声が聞こえた。

「だって、いまにも僕に噛みつきそうな顔をしていたから。いいよ、どうせ僕の顔なんて見たくもないんだろう？」

「だ、だって、昨日の続き……」

「する気があったのか？　生憎だが、これだけ怒っている人相手に、一番無防備な場所を見せるほど僕は馬鹿じゃない」

なにそれ。ひどい真似をしたのは自分のくせに、まるで私が悪者みたいな――

頭を上から押さえつけられて、前傾姿勢を取らされる。祐未は動揺しながらも、両手を壁について重心を支えた。

「そう、そのまま、しっかり手をついていろ」

冷淡さしかない言い方に、祐未は恐ろしくなって息を引いた。

ようやく判った。理由は判らないが、深見は今怒っているのだ。どうしてだろう。ここで怒るのは間違いなく私であって、後ろに立つ男ではないはずなのに――

「あ……っ」

彼の手が前に回って、祐未のベルトを外し始める。

「ふ、深見さん、やめて」

「社長」

冷たく遮り、深見は抜き取ったベルトを床に投げた。

「君のような平の社畜に敬称を略されるのは不愉快だ。僕と君の立場は、君が思うよりずっと離れているということを忘れるな」

前留めのホックが外され、細身のパンツが膝の下まで落ちる。間髪いれずに、深見が自分の膝を、祐未の脚の間に割り入れてくる。恐ろしさとショックで、祐未は動くこともできなかった。

冷たい指がショーツに包まれたお尻を撫でる。

「や……」

ゆっくりと内腿に向かって這わされた指が、ショーツの縁に辿り着く。控え目なレースが施された縁の隙間から、深見が指を滑りこませる。

「——っ」

祐未でさえ直接触れたことのない場所を、冷たくて硬いものが探っている。それは容赦なく柔肉に辿り着いて押し開き、固く閉じた場所に潜り込もうとする。

「や、やだ、やめて、いや、——っ、ぁ、」

閉じようとした脚の間に、さらに深見が膝を割り込ませてくる。次の瞬間、ぐっと指を埋め込まれ、その鈍い痛みに、祐未はきつく眉根を寄せた。

「……驚くほど濡れていないね」

呟くように言った深見が、指を抜く。薄い粘膜が異物で擦れる痛みに、小さな呻き声が漏れる。壁についた自分の指が、微かにだが震えている。

——やだ……怖い。

そのまま、背後から肩を掴まれて引き起こされる。まだ恐怖が冷めやらないままに首だけで振り返ると、どこか怒った深見の顔がすぐ側にあった。

恐ろしさに顔を背けて目をつむる。そのまま身を縮めさせていると、うなじに、そっと深見の唇が触れた。

まるで壊れ物に触れるような優しいキス。祐未は少し驚いて目を開いた。軽い音をたてながら、同じ場所にキスが何度も繰り返される。

そうしながら、深見は祐未の髪の縛めを解き、肩に落ちた髪を指でかきわけ、頰を撫で、首筋を優しく愛撫する。

——あ……

耳朶を軽く唇で挟まれ、祐未はぴくんっと肩を震わせていた。

——や、やだ……なんか……

今の状況で信じられないが、深見に触られている場所の全部が、気持いい。

耳と首にキスをしながら、前に回された深見の手が、器用にブラウスのボタンを外していく。それがひどく恐ろしいことだと判っているのに、キスの気持よさに身体が痺れたようになって、何一つ抵抗できない。

ブラに包まれた胸が露わになると、彼は両手で、そっとその膨らみを包み込んだ。

「や……ぁ」

深見に身体を預けるようにして、祐未は頼りなく首を横に振った。

今も、脚の間には深見の膝が入り込んだままで、まるで彼の片膝の上に抱かれているような体勢である。

耳の後ろに音をたててキスしながら、彼の大きな手が柔らかく胸を揉み、手のひら全体を使って撫で回す。

「ん……っ」

ピリッピリッと、微かに電流が走るような心地よさに、祐未は耐えきれず細い声をあげた。胸の先端が固くなってきて、下着の上からでもそこに触れられると、もどかしく内奥が疼き、下肢にあらぬ力がこもる。それが判っているように、深見が自分の膝を小刻みに動かして祐未が跨がっている場所を刺激する。

「やっ、ふ、深見さ……社、長……、それは、いや」

懇願する自分の声の甘さに、祐未は驚いて口を噤む。が、恥ずかしい変化はもう声だけではない。吐く息はまるであえぎ声のようだし、頬は紅潮し、呼吸も浅くなっている。

「んっ……ふ」

彼の手がブラを押し下げ、零れ出た膨らみに直に触れる。まろやかな丸みを弄び、指腹を使って乳首を優しく擦り始める。

「や、……やっ、やんっ」

自分のものではないような甘い声。腰が自然にひくついて、祐未は喉を反らしていた。開いた脚を閉じたくて仕方ない。深見の膝が意地悪く動く度に、疼きにも似たもどかしさが下肢の奥に生まれては消える。

キスがうなじから耳に移る。舌で舐められ、その濡れた感触に、全身がびくんと震える。その間も、深見の指は胸の先端への愛撫を続けている。指で摘まれたそれをクニクニと捻られ、祐未はビクッ、ビクッと身体を大きく震わせた。

「あん、やっ……、あん、ゆ、許して、も……そこ、いや」

あえぐ祐未の耳元で、深見が掠れた声で囁いた。

「乳首は随分開発されているんだね。相手は誰？　吉澤？　それとも叔父さんかな」

その深見の呼吸も、随分荒くなっている。何故だか彼の興奮を実感すればするほど、祐未の胸は熱くなり、生温かなものが下肢の間を潤ませていくのが判る。

「……ふ、深見、社長」

「ん？」

「ス、スーツ……に……」

これ以上は恥ずかしくて、とても口にはできなかった。深見が身につけているのは、数十万はする高級スーツだ。その腿の部分が……祐未の中から溢れたもので……

大きく息を吐いた深見が、祐未を抱き寄せて顔を寄せる。

「……絶対に、噛むなよ」

ひどく暗い目で囁くと、彼は奪うように祐未に唇を重ねてきた。

「んっ……」

有無を言わせずに入ってきた舌が、とろけた口の中をかき回す。首だけを傾けてする苦しいキス。深見が懸命に舌を差し入れてくるので、祐未はそれを受け入れようと、自分も一生懸命に唇を開く。

いやらしく舌先が触れ合い、濡れた音が不安定に被さる二人を繋ぐ。彼の呼吸と一緒に胸を揉む手の動きも荒くなり、痛いほど強い力がこもる。

——あ……なんかもう……

頭の芯が痺れたみたいになって、自分が何をしているのかよく判らない。こうして彼と唇を合わせていると、自分の中の大切なものが全部、甘く溶けていくのを感じる。

その時、彼の片手が腹部を撫で下ろし、ショーツのフロント部分から中に滑りこんだ。

「っ……あ」

キスで口を塞がれたまま、祐未は全身を熱くした。彼の指は柔らかな繁みをそっとかきわけ、その奥のぬかるみにゆっくりと沈み込む。そこはもうぬるぬるして……何一つ抵抗がないまま彼の指を受け入れる。

「や、や……っん」

それでも逃げ腰になる祐未を背中からしっかり抱きしめると、深見は二本の指で柔らかな媚肉を押し開き、中指をくちゅり……とそこに沈めた。

「すごいね」

ぬるぬると上下に指を動かされながら、掠れた声で囁かれる。

「すぐに、こんなになるなんてね。お嬢様は、手荒くされるのがお好みなのかな」

「中でイケる？　それともこっちが感じるのかな」

「や……ち、ちが」

全く意味が判らない。けれど「こっち」といった深見が触れている場所が、じんじんと甘苦しく痺れ、自分がその感覚の続きを追い求めているのだけは、判る。

「やぁ……、ぁ……あ」

気づけばお尻の方からも深見の指が入り込み、クチュ、クチュと浅い場所を抜き差ししている。同時に、前部にあてられた指は、円を描くようにしてぬるぬると動き、コリコリと固いものがあたる場所を押しつぶすようにして刺激する。

次第に甘苦しい痺れが、息が苦しくなるほど濃密に下腹部を満たしていくのが判る。

――や……、な、なんか……これ……

「あ、……あん、あ……っ」

つま先に力が入り、思わず深見の腕を掴んだ時、下腹部に充満していた感覚が、いきなり解放された。

「っ……っ、あ、……、……」

頭の中が白く濁り、下肢から脳天まで突き上げられるような快感の余韻に、しばらく祐未は声も出ずに、唇だけを震わせた。

――今の……、なに……？

よく判らないけど、こんなの、こんなの知っちゃったら、もう……。

気だるさにぼうっとしていると、肩を抱かれて深見の身体から引き離される。あっと言う間もなく、祐未は再び壁に押し付けられていた。

「さっきみたいに、手を壁についていて」

——え……。

暗い声で囁かれた後、彼がベルトを外す音が響く。ずるっと引き出されたものが腿に生々しく押し当てられ、祐未は全身が熱くなるのを感じた。

硬くて、温かくて、おそろしく質量がある。そんなものがスマートな深見の内部に潜んでいたことも驚きだが、まさかそれを——今から祐未の中に挿れるつもりなのだろうか。

深見は両手で、固定するように祐未の腰を抱いた。

「ま、待って」

「大丈夫、避妊はしてる」

ちょ、だからそういう問題じゃ——

熱い塊が祐未の脚の間にぬるっと入り込む。まだ快感の余韻で疼く柔肉を、ゴツゴツした肉茎で刺激され、祐未は小さな声をあげながら逃げようと腰を振る。

深見が下着を横にずらして、祐未の恥ずかしい場所をむき出しにする。腿の間をいやらしく行き来していた肉塊は、自ら行き場を理解したかのように、ひとつの場所に向かってその熱量を収束させていく。

祐未は懸命に首を振り、深見の腕を振りほどこうとした。それを赦さないように、彼が容赦なく腰を押し付けてくる。

「ぁ、……あっ、いや、やぁ……っ」

あまりの痛みに、祐未は蒼白になっていた。

メリメリと音をたて、自分の内奥を守っていたものが押し破られていくのが判る。

「いッ……い……た……」

——痛い、痛い、痛い、痛い痛い痛い。

悲鳴はもう声にもならず、苦痛の汗が額に滲み、指が細かく痙攣する。

「っ……、すごくきついな」

もう立つこともできず、崩れるように壁にすがる祐未に覆い被さるようにして、深見はゆっくりと腰を打ち付けてきた。

「ん……んん」

「あまり持ちそうもないから、早く終わらせるよ。君も、その方がいいだろう」

一転して激しく身体を揺さぶられ、うつむいた祐未の顔から眼鏡が落ちた。

最早、痛いとか痛くないとかいうレベルではない。半ば放心状態のまま、祐未は深見の凶暴な肉茎が内膜を荒々しく穿《うが》つのに身を任せる。

——死ぬ……。

もう……私……このまま、死ぬ……深見貴哉に殺される。

最初の絶望的な痛みは和らいだものの、嵐のような苦痛は途切れることなく続いている。

これがセックスなら、もう二度と、死んでも誰ともしたくない。けれど耳元で聞こえる深見の余裕のない息遣いや、壁についた祐未の手を上から握りしめる指の力強さに、痛みとは違うところで胸が……不思議に切なく締め付けられるのは何故だろう。

「……生理?」

気づけば深見が動きを止めている。一瞬何を聞かれているか判らなかったが、意味を解した祐未は、弱々しく首を横に振った。

そして振った後に気がついた。もしかして出血でもしたのかもしれない。深見は想像もしていないだろうが、祐未にはこれが正真正銘初めてのセックスなのだ。

「違う……けど、始まっちゃったのかも」

何故だかそれすらも弱みのような気がして、祐未は嘘をついてぼんやりと目を閉じた。深見はしばらく、そんな祐未を見下ろしていたようだが、やがてゆっくりと繋がっていたものを引き離した。

強張った身体をそっと抱き起こされ、深見の胸に引き寄せられる。彼は祐未の乱れた髪を指で梳くと、頭上で微かな息を吐いた。

「だったらもうやめておくよ。僕は、血が嫌いなんだ」

――そうですか……。それはどうも、失礼しました。

下腹部の鈍い痛みと、とてつもない徒労感で、頭が上手く回らない。ただこれが、最低の処女喪失だということだけは判る。

不意に強い悲しみがこみあげてきて、深見の胸に頭を預けたまま、祐未は動くこともできずに目をつむっていた。

——あれは……一体、どういうことだったんだ……。


「おい、貴様、本気で人の話を聞く気があんのか!」

テーブルを激しく叩く音で、深見貴哉はようやく我に返った。

『ウエイク』の応接室。目の前には、深見を睨みつけている強面の男がいる。

「さっきから気の抜けたツラしやがって。俺を舐めてんのか、それとも甘くみてんのか」

「失礼。もちろんちゃんとお話はうかがっていましたよ」

もちろん、途中からまるで聞いていなかった。けれど同時にまともに聞いても埒が明かないことも判っている。男の主張は何度も聞いたし、今日も同じ要求を別の言葉で繰り返しているだけだからだ。

ソファに向い合って座っているのは、『的場《まとば》物流』社長、的場真一《しんいち》。こうやってアポなしで乗り込んできたのは、もう一度や二度ではない。

「あのな、社長さんよ。こっちはどう責任をとるつもりだって聞いてんだよ。いい加減にはっきりしてくんねぇか? こっちも忙しい中、わざわざここまで足を運んでるんだ」

「そう言われても、当社としてできることは何もありませんよ」

もっとマシな言いようがあるはずなのに、つい深見はにべもない結論を口にしていた。

「一言言わせていただければ、社長がなさっているのは威嚇業務妨害です。警察を呼ばなかったのは、せめてもの僕の慈悲だというのをご理解いただきたい」

「――おい、貴様、もう一度言ってみろッ」

顔を朱に染めた的場がいきなり立ち上がる。その反応を予想してはいても、さすがに深見は緊張した。威圧的な態度や身体つきだけでなく、この男には傷害の前科もあるからだ。

その時扉が開いて、加島要次《かしまようじ》――深見が私設秘書として雇っている男が現れた。

途端に、的場の強面が怯む。ヤクザ顔負けの凶相を持つ加島を見た人間の、ごく当たり前の反応だ。

「加島、お客様がお帰りだ。一階までお送りしろ」

「けッ、言われなくても帰ってやるよ」

遮るように吐き捨てると、的場は大股で扉の方に歩いて行った。

「おい、深見、これで終わりだと思うなよ。俺は絶対にあんたを潰してやるからな！」

捨て台詞と共に激しい音をたてて扉が閉まる。後を追おうとした加島に、「放っておけ」と、どこか苛立った感情のままに深見は言った。

「――放っておくのは、あまり得策とは思えませんね」

薄い眉をやや険しくさせ、加島は深見に向き直った。

「調べてみましたが、うちにクレームを申し立てているのは佐藤社長と的場社長だけじゃありませんよ。例の噂は、どうやら相当広範囲に広がっているようです」

腕を組み、深見は舌打ちと共に嘆息した。――全く、とんだ業務妨害だ。

「無論、いわれのない作り話ですが、それが実に上手くできていて、妙に信憑性があるんです。だから、今日のように勘違いして乗り込んでくる輩も出てくるのでしょうが」

「肝心の噂の出所は判ったのか」

「調査中ですが、今のところ皆目見当がつかない、とだけ言っておきます」

「……頼りないことを言うな。元警察官だろう」

額に手をあてて嘆息すると、深見はソファの背に頭を預けた。

今年の四月頃から――おそらく急成長を遂げた『ウエイク』を誹謗する目的だろうが、奇妙なデマが同業者の間に広がり始めた。

『ウエイク』を起業するにあたり、深見はいくつかの物流会社と業務提携契約を結んでいる。業務が軌道に乗り始めてからは、それらの会社株を百パーセント保有し、子会社化した。それらは今では巨大な物流拠点となり、『ウエイク』の年商の、約三分の一を占める巨大市場になっている。

デマとは、その過程において、『ウエイク』がいくつかの物流業者を意図的に、しかも相当卑怯なやり口で、倒産に追い込んだというものである。

的場社長は、友人の会社が深見の企みで倒産に追い込まれたと――冷静に考えれば全く有り得ない話を、頭から信じ込んでいるようだった。

「デマの供給元は、随分細かく社長の動向を調べているようですね。いつ、誰と、なんのために会ったかなど。そういった真実が嘘に巧みに紛れ込んでいるから、有り得ない話も、一縷の真実性を持つんです。九の嘘に一の真実。詐欺師の常套手段ですよ」

「…………」

問題はその詐欺師の正体だ。

思い当たる節は、あるようで全くない。そこまで悪辣な真似をした記憶はないが、誰の恨みも買わずに、ここまで会社を成長させることもまた、不可能だ……。

「まぁ、それは引き続き調査しますよ。的場社長の件も、これからは私が対応します。今日のように私が不在の時であっても、社長一人で対応しようとなさらない方がいい」

「受付で暴れていたんだ。社員の仕事の手を止めさせるわけにもいかないだろう」

少しの間黙った加島は、ポケットの中からおもむろに一冊の単行本を取り出した。

「ご報告ですが、別の意味で、一部の女性社員らの仕事が止まっていました。こんな本が、社長のデスクに投げっぱなしになっていたので」

眉をひそめて視線をその方に向けた深見は、脱力するような息を吐き、歩み寄ってきた加島の手から本を奪い取った。『産婦人科が教える女性の生理Q＆A』。

「父の本だ。先週末、久々に実家に帰ったので」

問われもしないのに言い訳すると、深見は本を裏返してテーブルに置いた。そういえば、これを読んでいる時に、一階で的場が騒いでいると連絡が入ったんだった——くそっ。

「——今から言うのは、俺の独り言になるんだが」

言葉を切り、深見は両指を膝の上で組み合わせた。

「四年と九ヶ月前、その女性の生理周期はきっちり二十九日だった。一日もずれないから旅行の計画が立てやすいんだと言っていたので、極めて健康的な体質なんだろう。それから五十七ヶ月、俺の計算が正しければ彼女の生理は今から十日前に終わっている」

「……………」

「独り言だ」

「そう、認識しています」

深見は目を閉じて嘆息した。もしそうだったら最悪だ——という思いと、逆に、そうであって欲しいという——実に都合のいい思い。

——まぁ、……有り得ないな。いくらなんでも。

当時婚約者だった吉澤を始め、彼女の周りには大勢の取り巻きや崇拝者たちがいた。悔しいが、その全てを掌握していたわけじゃない。現に今回も、新たな男が一人判明した。

——それでつい、冷静さを失ってしまったのだが……。

「……社長」

深見はうなだれたままで首を横に振り、物言いたげな加島を遮った。

「言われなくても、ここ数日の自分が最低な男だったということは判ってるさ」

「………」

「あんなひどいことをするつもりじゃなかった。……まぁ、もう信じてもらえないだろう

し、信じてもらえたとしても、手遅れだが」

呆れるほど最低な真似をしてしまった。彼女が初めてだろうがなかろうが、関係ない。あれは——振り返ってみれば——振り返らなくてもだが——紛れもなく、レイプだ。

あの日は、何もかもが当て外れで空回りだった。あれだけ大きな現場を見せれば、無条件に感謝されると思い込んでいたのに、彼女は終始上の空で、その挙句別の人間を寄越すから帰りたいとまで言い出した。

実際、昨日の深見に下心は何もなかった。言ってみれば仕切り直しのつもりだったのだ。再会からこの方、ひどい真似をしてしまったせめてもの罪滅ぼしに——いや、違う。

「社長」

「黙っててくれ」

——違う。俺はただ、彼女に認めさせたかったのだ。今の自分は「幼稚園から出なおしてきて」と言われた頃とは違うのだと。昔の彼女が言うところの、まさに理想の結婚相手なのだと。

強引にこぎつけた見合いにしても、美嶋祐未が一瞬でも物欲しそうな顔をすれば、それで溜飲を下げて終わりにするつもりだった。そう、あれは深見にとって長く引きずってきた恋を諦めるための儀式だったのだ——。

なのに、あんな最低な流れになってしまった。言い訳ではないが、その原因のひとつが例の『写真』だ。

「確かに、おっしゃる通り、ここ数日の社長は最低だったと思います」

加島の声に、深見は眉を寄せたまま顔をあげた。

「が、その数日をのぞけば、社長はとても素晴らしい方だと思います」

少しの間黙って加島を見上げていた深見は、顎に指をあてて視線を下げた。

「……俺はこれから、どうすればいいと思う?」

「私の長年の経験からみて、社長の気質と行動は、典型的なストーカーのそれですが」

「はっ?」

「——いえ、失礼。それだけ社長は美嶋祐未のことをよくご存じだと申し上げたかったのです。つまり、彼女が何をされたら一番喜ぶかも、ご存じなのではないですか」

知っているつもりだったが、失敗した。こうなった以上、もう自分の厚意は何一つ受け入れてもらえないという気もするが、このまま逃げるわけにもいかない事情がある。

「考えてみるよ。——それから加島、悪いが至急調べて欲しい人物がいる。『トゥディラン』の行平純一。うちの子会社で、関東地区を担当している営業マンだ」

「それは、どのような関係の調査ですか」

深見は手帳に挟んでいた写真を一枚、テーブルの上に置いた。例の写真——美嶋祐未が、彼女の実の叔父とキスを交わしている盗撮写真だ。

「彼女は俺の仕業だと思い込んでいるようだが、むろん、盗撮した人物は他にいる。ずっと正体がしれなかったが、ここにきてようやく一人浮上した。『多幸』にもそれとなく聞いてみたが、行平という男は、美嶋さんの動向を相当細かく把握しているらしい。しかもそいつは、『三慶』の元社員だ」

「つまり美嶋祐未には、社長以上のス――失礼、社長以上に彼女に執着している人物がいるということですね」

その人物――行平と断定してもいいと思うが、その人物が見合い当日、深見に写真を送りつけてきた。いってみればそれが発端で、ここまで話がこじれてしまったのだ。

深見にしてみれば、再会直前の緊張と不安の極みの中、あんな写真を見せられ、冷静に振る舞えという方が無理な話だった。見合いの席では、懸命に動揺と怒りを堪えていたものの、――最後にそれが、自分でも思いもよらない形で暴走した。

忘れていたはずの、とうに整理したと思っていたはずの彼女への執着――いや、恋心が、予想もしなかった激しさで蘇ってしまったのだ。

――まさかこれは、ストーカー対ストーカーの対決か？　いや、俺は断じてそんなものではないが。

「……色々頼んで申し訳ないが、引き続き彼女の身辺を見張っていて欲しい。盗撮犯《こいつ》の正体を摑むまで」

「判っています」

彼女には苦痛だろうが、それまで縁を切るわけにはいかない。営業妨害も盗撮も、やらせたのは俺だと勘違いしているならそれでもいい。――結局どうしたって、どんな言葉で拒絶されたとしても、……そして何年経とうとも、俺は、あの人のことが、心配なんだ。

「ねぇ、聞いた？　営業の美嶋さんの話」

「聞いた聞いた。『ウエイク』の社長と寝て、大口の仕事をとってきたって話でしょ？」

トイレを出た途端、廊下の向こうからそんな女子社員たちの声が聞こえてきた。

「てか、『ウエイク』の社長ってどんだけ悪趣味なの？　よりによって美嶋さんなんて」

「きっと、中年太りしたハゲオヤジに決まってるわよ」

――なんかもう……久しぶりだな、こういう漫画みたいなシチュエーションも。

祐未はうんざりしながら方向転換しようとしたが、その途端にポケットのスマートフォンが着信を告げた。たちまち、廊下の笑い声がぴたりとやむ。

「祐未？　今、大丈夫かな」

かけてきたのは叔父の涼二だった。祐未は少し驚いて端末を耳にあて直す。

「いいけど、どうしたの、こんな時間に」

「いや、あれから連絡もないし、どうしているかと心配になってね」

あれから……とは、最後に涼二と会った夜のことだろう。その夜焼き捨てた例の盗撮写真を思い出した祐未は、一瞬言葉に詰まっていた。

「祐未、すごく荒れていただろう……。先代の社長が生きていた頃は、会社の様子も少しは耳に入っていたんだが、今は全く判らないからね。ずっと心配だったんだ」

——叔父さん……。

自分の中の頑なものが、ふっと緩んでいくのが判った。

「大丈夫だよ。心配しなくても大丈夫」

「本当かな。前から言っているように、仕事が辛かったら私の専属マネージャーになればいいんだ。もう祐未一人くらい、十分養える収入はあるんだから」

「……すごいね、叔父さんは」

壁に背を預けて肩の力を抜いた祐未は、微笑しながら呟いた。

「別にすごくはないよ。この年で遅咲きに過ぎるほどだ」

「そうじゃなくて、昔から私が辛い時は、いつも計ったように電話してくれるじゃない……エスパーかってくらい。ありがとう。色々あったけど、元気でた気がする」

「……だったらいいけどね。どうだろう、今週末、久しぶりにうちに来ないか」

まだ疑わしげな涼二の声に、うん、行く——と答えようとした祐未は、少し躊躇ってから言葉を呑んだ。青山にある叔父のマンションには、今まで何度も足を運んだことがある。美味しいワインと手料理をご馳走になって、そのまま眠ってしまったことも何度かある。

「ちょっと……予定見てみないとなんとも言えない。はっきりしたらまた連絡するね」

祐未は返事を先延ばしにしてから、通話を切った。

あの盗撮されたキス写真が、少しだけ叔父に対する警戒となって胸の底にひっかかってしまったようだ。もちろん、酔っていたしふざけていただけだろう。だとしても、独身男性の一人住まいを迂闊に訪ねるのは、控えた方がいいかな……と思ったのだ。

――そうよ、深見さんとも、結局あんなことになってしまったわけだしね！

そこはややむっとしながら、祐未は大股で営業部のオフィスに入った。途端に、それまでざわついていたオフィス内が静まり返る。

女性たちの悪口は聞き流せても、この反応は正直こたえる。石黒は気まずげに咳払いし、りえはわざとらしく席を立つ。きっと、祐未について噂していたのだろう。

枕営業――。多分、そう噂されている。『多幸』では有り得ない規模の受注。社長を介した意味不明の特別扱い。営業部の皆が、祐未と『ウエイク』の関係を訝しんでいるのだ。

その時上席の電話が鳴った。それを取った石黒が、たちまち不愉快そうな顔になる。

「……美嶋、『ウエイク』の深見社長だ」

「回してください」

なるべく動揺を見せないように祐未は言った。まだ、こんなことで自分の価値は失われていないというプライドがある。自分には、血の滲むような思いで手に入れたスキルがあるのだ。それは決して、深見なんかのために、損なわれたりはしない。

「え……まさか、船に乗るんですか？」

車が港方面に向かっている時から嫌な予感はしていたが、夕闇に包まれた港に停泊している巨大客船を見た時、祐未はつい不安そうな声を出していた。

「……そう説明しようとしたが、君が忙しいと言って電話を切ってしまったので」

光沢を帯びた濃紺のスーツはブリオーニ、鮮やかなロイヤルブルーのネクタイはエルメスの新色だ。いつも以上にドレスアップしている深見は、車のキーを駆けつけてきた制服の係員に預けると、先に出て助手席側の扉を開けてくれた。

今日の深見は疲れているのか、迎えに来てくれた時から物憂げで、車中でも殆ど口を開かなかった。今も無言で先を行き、祐未の顔を見ようともしない。

祐未自身も、正直、深見とどう会話していいのか判らなかった。最悪の初体験から今日で十日。あれ以来深見に誘われたのは今夜が初めてだったからだ。

車の中では、運転する彼の手や指が視界に入るだけで動悸が強くなった。その指は十日前、有り得ない場所に沢山触れて、自分も深見も、すごくいやらしいことをした。努めて考えないようにしてはいるが、……思い出すだけで全身が火のように熱くなる。

車を降りた祐未は、再び不安にかられて周辺を見回した。

——まさか……これって、クルージングパーティー？

今も、歩く二人の周辺を、ベンツやらフェラーリが通り過ぎ、高級スーツに身を包んだ男性や、モデルのような美女たちが停泊中の船に向かって歩いている。

血が引くような思いで、祐未は自分の服を見下ろした。いつものスーツ。実際これしか持っていないし、ドレスコードについては、深見から何も聞いていなかったからだ。

「ちょ、待ってください。いくらなんでもパーティーにこれじゃ深見社長が恥をかきます」

深見が足を止めて振り返る。これも嫌がらせだろうかと思うと、さすがに少し腹が立つ。

「……遠慮させてください。とても私じゃ、深見社長につりあいませんから」

「――言っておくが、今夜僕がエスコートするのは君じゃないよ」

祐未の目を見ないままで深見は言った。

「今日君を誘ったのは……このパーティーに、都内の若手実業家らが多数参加するからだ。僕は一切関知しないし、好きに営業したらいい。主催者には君のことは伝えてある」

「…………」

「帰りは、加島に迎えに来させる。僕は次の予定があるから、入り口で別れてしまえば、もう会うこともない」

――なにそれ……。

ほっとしたような、いきなり突き放されたような、複雑な気分だった。

（なにしろある日突然、手のひらを返したように君に関心がなくなるんだから）

まさかと思うけど、すでに手のひら返しが始まったのだろうか。でも――だとしたら、なんでわざわざこんな場所に連れて来てくれたのだろう。

タラップを上がると、すぐに制服姿の男性が深見の傍にやってくる。恭しく差し出されたペーパーを受け取ると、深見はそれに目もくれずに、祐未の方に差し出した。

――出席者リスト……？

眉を寄せながら、そこに印字された文字を一瞥した祐未は、次第に自分の中のアドレナリンが上がっていくのを感じた。

Ａ４サイズのペーパーには、祐未がこれまでアポをとろうしても門前払いだったり、担当者から返答がないままの会社が、これでもかとばかりに名を連ねている。

「もちろん、気が向かなければこのまま帰って構わない。その時は加島に」

「深見さ、じゃない、社長、ありがとうございました！」

思わず興奮気味の声をあげた祐未を、深見は少し驚いたように振り返った。

「ご厚意に甘えさせていただきます。もう……すっごく嬉しい。ありがたいです」

「……そう」

どこか気の抜けた言葉を返した深見が、面食らったように瞬きをする。

祐未はようやく、双方の立場を忘れて、はしゃぎ過ぎた自分に気がついた。

「す、すみません。すごく嬉しかったものですから、つい」

「いや、いいよ」

前に向き直った深見の横顔が、ふと柔らかな笑みを浮かべた。

「君が喜んでくれて、僕も嬉しい。……頑張って」

笑った。

今度、面食らって瞬きをしたのは祐未の方だった。

——深見貴哉が、今、再会して初めて楽しそうに笑った。

その時、華やかな笑い声がして、不意に祐未の視界にオレンジ色のドレスが映り込んだ。グラマラスな長身の美女。ドレスの胸元は目のやり場がないほどに開いている。

少し驚く祐未の前に、女はかろやかに歩み寄ってきた。もちろんその視線は、祐未ではなく傍らの深見に向けられている。

「深見君、今夜は来てくれてありがとう」

栗色の巻き毛と鮮やかな口紅。ドレスはおそらくシャネルのオーダーメイドだろう。

「いつも断ってばかりの深見君が、一体どういう風の吹き回し？　ついに私のものになる決心がついたのかしら？」

「いえ、……いつも加納《かのう》社長にはお世話になっていますから」

その時初めて、傍らに立つ祐未に気づいたのか、女性はにこやかに微笑みかけた。

――『SHION《シオン》』の加納美代子《みよこ》だ！

祐未の心拍数はまた高くなった。どこかで見た顔だと思ったら、アパレル系ではトップシェアを誇る会社の、若き女性起業者である。元スーパーモデルで、確か公表年齢は三十六歳。けれど、艶めかしい肌艶はどう見ても二十代半ばにしか見えない。

「あ、あの、私『多幸』の美嶋と申します」

祐未の差し出した名刺を丁寧に受け取ると、加納美代子は優しく微笑んだ。

「お噂はかねがね深見君から。今夜はビジネス目的で集まっている若手ばかりだから、美嶋さんも存分にお仕事してちょうだいね」

——うわぁ……、超ドキドキする。あ、憧れの加納社長とお話ししてしまった……。

「じゃ、行こうか、深見君」

けれど、美代子が深見の腕に手を添えた時、不意に胸のどこかがチクンと痛んだ。

「ふふ……今夜は最後まで一緒にいてくれるんでしょ」

「困ったな。そう言われると、断りにくくなります」

なんだろう、何を無意味に傷ついてるんだろう、私。

深見貴哉にそういう意味での関心はないはずなのに。むしろ引き取ってくれてありがたいと思っているくらいなのに。

よく判らないけど、なにかこう——すごく複雑な気分だ……。


船は、後四十分もすれば、出港した横浜港《よこはま》に着く。喧騒から抜け出してデッキに出た祐未は、ぐったりと手すりにすがって夜の海に視線を落とした。

——……気分悪……。

仕事とはいえ空腹の状態でアルコールを摂取し過ぎた。しかも酔い止めも飲まずに船内をあちこち駆けまわったから、三半規管も随分やられているような気がする。

今夜の成果は、一言で言えば計り知れない。手に入れた百枚近い代表取締役の名刺は、いってみれば免罪符だ。これを持参すればどこの社の営業担当にもぶつかっていける。

なのにどうして、気持が少しも晴れないんだろう。

深見の姿は、パーティー会場で一度も見かけることはなかった。ついでに言えば、加納美代子も。二人はどこに消え、そして何をしているんだろう……。

「——祐未？」

その時背後で、どこかで聞いたような声がした。

「やっぱり祐未だ。——俺だよ、俺。吉澤だ」

——は……？

ヨシザワ？

悪夢か幻聴であればいいと思いながら、祐未は眉をひそめて振り返った。

しかし立っていたのは、紛れもなくあの吉澤徹だった。五年前より少しだけ身体の厚みを増しているが、嫌みなキツネ目といい、キートンのブランドで固めたスタイルといい、かつて、婚約していた男に違いない。

「……どうしたの？」

最悪な過去にいきなり引き戻された気分の悪さで、祐未は強張った声を出した。片や吉澤は、懐かしそうな表情を浮かべて祐未の傍に歩み寄ってくる。

「それはこっちのセリフだよ。会場の中に祐未と似た人を見たから、まさかと思って後をつけてみたら」

口元に拳をあて、吉澤は笑いを噛み殺すような表情になる。

「ところで、何その服。似合わない眼鏡もだけどさ、変装でもしてんの？　お前」

答えず祐未は、一歩だけ後に引いた。船酔いだか胸糞悪いのだか判らない感覚で胃の辺りがムカムカする。

「俺？　俺は去年までロンドン支社で、今年の春から本社勤務に逆戻りだよ。少しはのんびりしたいとこだけど、なかなか楽な仕事につかせてもらえなくてさ」

聞かれもしない自慢話を上機嫌にした吉澤は、目を細めて祐未を見下ろした。

「びっくりしたな。まさか祐未がそんな地味子になってるなんて……。噂を聞いた時は信じられなかったけど、一体どういう心境の変化？」

「噂……？　というより吉澤さんは、どうしてこのパーティーに？」

吉澤がさらに近づいてきたので、祐未は用心深く距離を開けた。

彼の名前は当然のことながら名簿にはなかった。あまり考えたくないが、この再会は本当にただの偶然だろうか。

祐未の疑念を察したように、吉澤は困ったような苦笑を浮かべた。

「本当のことを言えば、祐未がここに来るって聞いて、ちょっと興味を持ったんだ。ってがあったから、潜り込ませてもらった。別人になってるってのも気になったしな」

「……誰から、そんなこと聞いたの？」

「誰だったかな。でも、そんなのどうでもいいだろ？」

深見貴哉だ――

息が詰まるような思いで、祐未は拳を握りしめた。今夜、祐未がこのパーティーに出席

することを事前に知っている人物は、深見しかいない。

だから彼は、祐未をこんな場所にまで連れ出したのだ。若手実業家がいるとかなんとか上手い餌を撒いて喜ばせておいて……。

――信じられない……なんて悪趣味で、最低な意趣返しなの……

ふと暗い影に覆われ、深見のことで頭がいっぱいだった祐未は、はっと我に返って顔をあげた。あっと言う間もなく、手すりと吉澤の間に囲い込まれる。

「苦労してんだな、祐未」

「してないし、今の人生になんの不満もないから。――ちょっと、離れてよ！」

五年前のおぞましい記憶が蘇り、祐未は手すりに目一杯背中を押し付けた。

「本当はあの時、俺の手をとらなかったことを後悔したんだろ？　そりゃ、結婚はもう無理だったよ。オヤジさんが犯罪者になった以上、それくらい祐未にだって判るだろ？」

煙草臭い息が近づいてきて、祐未は逃げるように顔を背けた。この最低男から祐未が学んだことはひとつだけだ。煙草は、キス避けになるということ。

「でも、新しい就職先くらい、俺がいくらでも斡旋してやれたんだぜ。そんな小さな会社で……惨めにぺこぺこ頭を下げて……、人ってそこまで落ちぶれるかね？」

祐未は背後を振り返った。モーター音が響く暗い海。もう逃げ場はひとつしかない。

今の自分の立場を思うとさすがに迷ったが、『四ッ菱ファイナンス』は『多幸』のメインバンクではない。それに、客室の方から誰かが出てくる気配がしたのが契機になった。

ごんっと鈍い音がした。祐未の額が吉澤の鼻先にあたる音。五年前も、そうして祐未は、この男の腕から逃げ出したのだ。

「って――っ、な、なにすんだ、お前」

「それはこっちのセリフよ。二度と私に近づかないで！」

客室に向かって急いで歩きながら祐未は声をあげた。煙草まじりの口臭がまだ鼻先に残っている。吐きそうなくらい最低の気分だ。

「覚えとけよ、祐未。お前が過去を隠して働いてることくらい知ってるんだ。俺のＳＮＳで、お前の素性やオヤジさんのことを洗いざらいぶちまけてやるからな。そうなったらどの会社でも営業なんてできなくなるぞ」

祐未は足を止めていた。背後で吉澤が微かに笑うのが判った。

「判ったらこっちに戻ってこい。俺は、お前のことは、それなりに本気だったんだ」

――なんなの一体。過去の男たちは、全員、脅迫ブームですか。

「好きにすればいいじゃない」

祐未は冷たく言い放った。

「だったら他の仕事を探すだけだから。最悪、海外でだって仕事はできるしね」

それは強がりだったし、言った後に悔しさで唇が震えた。なんかもう――泣いちゃいたい。こんな男に、なんだって私は、一度ならず二度までも侮辱されないといけないんだろう。

本当に吐きそうになりながら顔をあげると、目の前に誰かが立っている。深見だった。客室から出てきたばかりの彼は、少し驚いた目をして立ちすくんでいる。

祐未の胸に暗い怒りが渦巻いた。それは一気に全身に広がり、指の先まで充満する。

「どう、面白かった？」

ありったけの軽蔑をこめた目で、深見を見つめながら祐未は言った。

「これで気がすんだ？　――本当にあなたって、最低の男ね」


「こちら、酔い止めです。即効性ですから、すぐに効くと思いますよ」

客室乗務員から手渡された錠剤を、寝台に横たわったままの祐未は、げんなりしながら受け取った。実際、このまま海の泡になって消えてしまいたいほど、最悪な気分だった。

まさか、深見に啖呵《たんか》を切った直後に嘔吐してしまうとは――

深見は急いで祐未を手すりまで連れて行き、その間、ずっと背中をさすっていてくれた。そして電話で客室乗務員を呼ぶと、祐未を個室で休ませるよう手配してくれたのだ。

「お連れの方も随分心配していらっしゃいましたから、様子を見に来られると思いますよ」

最後に、そんな怖いことを言って客室乗務員が出て行ったので、祐未は急いで身を起こすと、テーブルの上からバッグと上着を掴みとった。

二度と、深見の顔は見たくない。写真のことで脅迫したければ、もう勝手にすればいい。

どうせ吉澤に何もかもさらされて、『多幸』にだって居づらくなるのだ。

——仕事辞めたら、叔父さんのマネージャーでもやろうかな……。

そんなことをふと思い、不意に弱気な自分が情けなくなる。きゅっと唇を噛み、目を潤ませながら客室フロアの通路を曲がろうとした時だった。

「ちょっと、待ってくれないか」

深見の声に、祐未はドキッとして足を止めた。——嘘、まさかもう見つかったの？　が、声は祐未の背後ではなく、前方から聞こえてくるようだ。

「なんだ……誰かと思ったら、お前かよ」

吉澤の声だった。祐未は今度こそ息を引いて、壁に背中を張り付けた。

「聞いたよ。お前、未だ祐未のケツを追いかけ回してんだってな。『三慶』じゃ目茶目茶もてたってのに、物好きな奴。俺が散々やりつくした女のどこがいいんだよ」

——はッ？

今、吉澤徹はなんて言った？　俺が散々やりつくした女？

「言っとくが、ああ見えて祐未はすげぇ淫乱だからな。俺一人じゃ物足りなくて、セックスはいつも3Pだったくらいだ。あいつ、咥えながら強引に挿れられるのが好きだろ。もちろん、お前ももう知ってると思うけど」

——吉澤…………殺す。

本気の殺意がこみあげて、祐未は両拳を握りしめた。

何勝手なこと言ってんだ。お前が変態なのは知ってるけど、そこに私を巻き込むな！

「知ってるよ。……いや、僕は知らないが、そんな話なら、当時色んなところで耳にした」

——え……。

壁に張り付いたまま、祐未は石のように固まった。

「ただ、これだけは言っておく。それが本当だろうが、嘘だろうが、関係ない。彼女の人間的魅力は、そんなもので損なわれたりしない」

「はっ、人間的魅力？」

嗤うような吉澤の声がした。

「そんなの、あの女のどこにあるっていうんだよ。オヤジの金と権威だけで威張り散らしてた馬鹿女だろ。今なんてみろ、貧乏くせぇスーツにバッグも靴も傷だらけだ。どこにも魅力なんてありゃしねぇよ」

ふっと深見が笑うのが判った。

「いや、失礼。少し嬉しくなったんだ。彼女の魅力を本当の意味で知っているのが、もう僕だけだと思ったらね」

「……は？」

「いいさ。お前みたいなクズに説明するのももったいない。くだらない前置きはいいから、本題に入ろうか。——ＳＮＳで彼女の素性や過去をさらすと言ったな。それはやめてもらえないか」

馬鹿したような吉澤の笑い声が聞こえた。

「おいおい。なんでお前に、そんなことといちいち指示されねぇといけないんだよ」

「やめてもらえないか」

「だから――」

そう言った吉澤の声が不意に途切れる。壁の向こうで何が起きているのかは判らなかったが、微かに壁を打つ音だけが聞こえた。

「……俺を、あまり舐めるなよ」

深見の、別人のように怖い声が聞こえた。

「誰にだって隠したい秘密がある。お前にもだ。――美嶋さんの過去をさらすような真似をしてみろ。どんな手を使っても、貴様を日本にいられなくしてやるからな」


トントン、と軽いノックがしたので、祐未は急いで布団を肩まで引き上げると、壁に顔を向けて背中を丸めた。

「……どう？　少しは気分がよくなったかい」

扉が開いて、気遣うような深見の声がする。祐未は答えず、眠っているふりをした。

まだ、先ほど耳にした会話の余韻が、気持をひどく乱している。だからといって――深見が祐未のいる方に向かって歩き出したからといって、逃げ出した個室に再び戻る必要はなかったのだが。

(……俺を、あまり舐めるなよ)

知らなかった。深見貴哉にあんな怖い一面があったなんて。

あの後の吉澤の、気の毒なまでの慌てぶりから見ても、相当恐ろしかったに違いない。

それはそうだ。深見の年収は、すでに吉澤のそれを遥かに引き離している。彼レベルの収入になると、もう国内でできないことはほぼないのだ。そうしてみれば、祐未もまた、とんでもない男に脅迫されているということになる——

——でも、ちょっとかっこよかったな……。

場違いだけど、あの時少しだけドキッとした。すごく不思議な気持だった。

その時、ふっと息を吐いた深見が、ベッドに腰を下ろすのが判った。

祐未は少しだけ身を硬くしたが、深見はそのままの姿勢で動かない。微かな汽笛の音が夜の静寂に響いている。

「心配しなくても、なにもしないよ」

不意に静けさを破った深見の声に、祐未はびくっと肩を震えさせた。

「……今夜のことは、悪かった」

「…………」

「許して欲しい」

「…………」

なんだろう、それ。さっきの会話で、吉澤に祐未の近況を吹き込んだのは深見ではないと思ったが、そうではなく、やはり深見だった――ということだろうか。

だったらもっと、ヒーローぶればいい。自分が今、どんな風にして吉澤をやりこめたか、せいぜい得意げにアピールすればいい。今日のことが深見の企みだったとしたら、目的はそれしか考えられないのだから。

けれど深見はそれきり何も言わず、祐未も何も言えなかった。

黙っていると、今まで胸の底に封印してきた過去の一場面が、否応なしに蘇ってくる。

先ほど耳にした会話で、改めて知らされた事実に、祐未は内心打ちのめされていた。

(ああ見えて祐未はすげぇ淫乱だからな。俺一人じゃ物足りなくて、セックスはいつも3Pだったくらいだ)

間違いなく吉澤自身が言いふらしたのだろうが、そんな馬鹿げた話を、深見を始め周囲のみんなが真に受けていたなんて。

(それが本当だろうが、嘘だろうが、関係ない。彼女の人間的魅力は、そんなもので損なわれたりしない)

――馬鹿じゃないの……。

不意に涙が滲みそうになり、祐未は急いで目頭に力を入れた。

売り言葉に買い言葉だったのかもしれないし、吉澤を論破するための方便だったのかもしれないが、彼に庇ってもらう資格は、祐未にはないのだ。

「……吉澤さんとは」

一度言葉を切ってぐっと唇を噛んだ後、祐未はおずおずと口を開いた。

「け……結婚を前提におつきあいを始めて、でも結婚までは、絶対にそういうことはしないって約束をしていて」

深見から返される反応はない。気まずく視線を伏せたままで祐未は続けた。

「でもお父さんが逮捕されてから、ちょっと態度が変わってきたの。……キ、キスとか？」

言いながら、祐未は耳が熱くなるのを感じた。

今まで、涼二にすら話したことがない恥ずかしい過去。まさかそれを深見に話すことになるとは想像もしていなかった。

「すごく強引に……してくるようになって……」

あれは本当に嫌だった。煙草の匂いと口臭が——まるで受け入れられなかった。

なにより最低だったのは、その頃の自分の卑屈な態度だ。無意識に吉澤の資力にすがろうとしたし、多分吉澤にもそれを見透かされていた。

「……三慶を退社した後……気晴らしに旅行に行こうって、言われて」

祐未はその時、吉澤に抱かれることを覚悟した。その時はまだ、彼の気持を馬鹿みたいに信じていたのだ。

「別荘につれていかれて……そしたらそこには、知らない男の人が三人くらいいて」

そこで初めて深見が動く気配がしたから、祐未は慌てて言い添えた。

「あ、でもなんにもなかったから。あんまりむかついたんで、私、あの馬鹿男の鼻に思いっきり頭突き食らわして逃げ出したの」

夜だった。裸足で山道を駆け下りて、朝を待ってから山裾の民家で靴を借りた。今でも思い出すだけで悪寒と吐き気がする。人生最悪の思い出だ。

「だから、その、なんていうの……、何回かキスされただけ、みたいな？　別に言い訳することでもないですけど、誤解されたままなのも嫌なので」

「…………」

「それだけ……」

深見の反応が怖くて、祐未は固まったままでいた。自分で話しても、ものすごく言い訳くさかったと思う。彼は信じただろうか。それとも、作り話だと思っただろうか……。

いきなり、大きな音がして小さな寝台がひどく軋んだ。祐未は、ぎょっとして跳ね起きる。すると深見が、祐未の隣に寄り添うように横臥していた。

「ちょっ、な、なにもしないって言ったじゃないですか！」

祐未は布団で胸を隠すようにして壁際に逃げたが、深見はその姿勢のままで目を閉じた。

「……しないよ。……悪い、ちょっと安心して、力が抜けたんだ」

——安心って……

彼が、そのますーっと寝息のような息を立て始めたから、祐未は戸惑いながら、深見の顔を見下ろした。

「……深見さん、次の約束があるんじゃないですか」

「ん……ある。でも少し、眠らせてくれ」

「でも」

「最近、本当に寝てないんだ……」

——ちょっと、そんなこと言われても、じゃあ私はどうすればいいのよ。

だいたい今も、こんなことしてていいわけ？　加納美代子さんを放っといていいわけ？

少しの間唇を尖らせていた祐未は、自分もおそるおそる、深見の隣に身体を横たえた。

彼の唇から漏れる吐息が額にかかる。なんだかそれが面映ゆくて恥ずかしい。だったらさっさと起き上がればいいのに、どうしてだかこのまま彼の寝顔を見ていたいという不思議な衝動に抗えない。

「…………」

その不思議さの正体を探るかのように、祐未はそっと手を伸ばしていた。が、指先があと少しで髪に触れるというところで、いきなり下から大きな手で摑まれる。

「ちょっ、まさか寝たふりですか？」

「そうじゃないが、君のせいで眠れなくなった」

「——っ、だから、それを寝たふりって言うんです」

「では言うが、君だってそうしていただろう」

そこまでを目を閉じたままで言った深見は、おもむろに祐未の腰に腕を回して自分の方に引き寄せた。

祐未は少し顎を引きながらも、彼の腕に身を任せた。ひどく恥ずかしくはあるが、何故だか危険な匂いは感じられない。そのまま、そっと額が触れて、唇が触れた。

——あ……。

胸がきゅっとなって、心臓の深いところがズキンとした。

優しいキスは、軽く触れては離れ、少し角度をかえてまた重なる。

頭の芯が甘く痺れ、次第に体温が高くなる。胸を微かに上下させながら、祐未は深見のシャツの胸の辺りに躊躇うように手を添えた。

彼の少し速い心音が伝わってきて、また胸が熱くなる。

「……煙草、最近吸ってない？」

唇を離して、深見が祐未の髪を撫でながら囁いた。

そういえば吸っていない。

なんとなくだけど止めてしまった。深見さんが、嫌かもしれないと思ったから。

——って、馬鹿じゃない、私。そもそも脅迫者相手に、何を申し訳なく思ってるのよ。

「……ごめん」

「え……？」

「その時、助けてあげられなくて、ごめん」

「……………」

最後に夢うつつのような軽いキスを額にして、深見は祐未を胸に抱いたまま目を閉じた。

祐未はただ、ぼんやりと今の言葉の意味を反芻していた。

——ごめんって、まさか、吉澤徹に別荘に連れて行かれた時のことを言ってるの?

——全く意味不明なんですけど。そもそも深見さんとは無関係の話だし、だいたい、その頃の私、深見さんのことなんか思い出しも……

不意に目元が潤んできて祐未は唇を引き結んだ。

——なんだろう、……すごく胸が苦しい。

目を閉じて、今度こそ眠ってしまった深見の胸にそっと手を添えると、今の感情がまるで整理できないのに、静かな安堵と幸福がじわじわと胸を満たしていくのが判る。

——どうしちゃったの、美嶋祐未。

こんなことがあっていいわけない。これじゃ私、まるでこの男に恋してるみたいじゃない——

# 3　妄執と純愛の間

「じゃあ、新しいパンフをお持ちしますね。それが安永部長、すごくいい商品なんですよ」

翌週——昼前とあって、人もまばらな『多幸』の営業部。

デスクで電話を続ける祐未の背後から、同僚たちのこんな囁き声が聞こえてきた。

「まさか『やまて商事』の安永部長？　あれだけ怒らせてたのに、もう仲直りかよ」

「美嶋、日参で謝りに行ってたからな。ホント、根性だけは半端ないよ」

その安永部長との電話を切った祐未は、即座に手帳を開くと、新しい予定を書き込んだ。

絶好調——そう言ってもいいだろう。クルージングパーティーのおかげもあって、今週は頭から新たな契約が二つもとれた。今月もまた、誰にも負ける気がしない。

「美嶋ァ、ちょっと午後から加藤につきあってやってくれるか」

「すみません美嶋さん、ちょっと面倒なクレームがついちゃって」

先週まで、どこか腫れ物を扱うみたいだった石黒やりえの態度もすっかり元通りだ。気軽に承諾した祐未が立ち上がった時、扉が開いて、総務の女子社員が顔を出した。抱えているプラスチック製の籠には、今日届いた郵便物が入っている。

その子が、祐未を見た途端、気まずげに顔を背けたので、祐未は思わず眉を寄せた。

――え、なに、今の反応……。

ここ数日『ウエイク』から呼び出しがなかったせいで、「ハゲデブな社長と寝た」という、深見にとっても自分にとっても不名誉な噂は、ようやく下火になってきたばかりである。

もしかすると、自分の知らないところで何かが起きているのでは……

そんな不安がよぎった時、たまたま通りかかった石黒が、籠から白い封筒を取り上げた。

「あン？　美嶋？　えっ……、お前……これ、まさかと思うが……」

そこでいきなり自分の名前が出たので、祐未は急いで石黒の傍に駆け寄った。もう、ここまでくると悪い予感しかしない。

「そ、それと同じものが全課に、……てゆっか社員全員に、届いてるみたいです」

おどおどと言う総務の女の子の目の前で、石黒は乱暴に封筒を開封した。

その時には祐未も、籠の中の一通を取り上げている。

宛名は『加藤りえ様』、差出人は――深見貴哉と美嶋祐未？

「お前さ…………、披露宴の招待状は、普通会社じゃなくて自宅に送ってくるもんだろ」

石黒の脱力したような声を背中で聞きながら、祐未は顎を落としたまま、固まっていた。

「何度も電話した美嶋です。深見社長にお会いしたいんですけど！」

「は、はぁ、そう申されましても」

『ウエイク』が入っている千葉の商業ビル。

一階の受付に下りてきたのは、大学生みたいな可愛い女の子だった。さらさらのセミロングの髪に、Tシャツとデニムのパンツ。首にかかった名札には木村奈々《きむらなな》とある。

「本日、深見は終日予定が入っておりまして……出たり入ったりで、とても無理なんです」

それは何度も電話で聞いた。祐未は苛々として腕時計を見た。こっちにもそんなに時間はない。次のクライアントとの約束は一時間後だ。

「知り合いなんです。ものすごく親しい」

「えっ？　あ……と、申しますと」

——脅迫されてるんですよ。おたくの社長に！

さらに言えば、あと一週間と少しで式まで挙げる予定になっているんです。

喉まで出かかった言葉を、祐未はかろうじて呑み込んだ。

——一体どういうことなのよ。深見貴哉。あれっきりまた連絡してこなくなったと思ったら、どうしていきなりあんな仕打ち？『多幸』の社員全員に結婚披露宴の招待状を

——しかも会社の住所宛に送りつけてくるなんて、嫌がらせにしてもひど過ぎる。

おかげで社長は舞い上がるわ、同僚たちには呆れられるわ、クライアントにも結婚の情報が流れるわで、……もう、散々過ぎて、否定する気力さえ湧いてこなかった。

——もしかして、あれから連絡しなかったから怒ってる？　本当は、何度かしようと思ったけど……。

最後に会った夜、船内で交わした優しいキスを思い出し、祐未は少しだけ頬を熱くした。

あの夜は、深見と本当の恋人同士になったみたいだった。深見も優しくて紳士的で、多分それで、少し気持が緩んでしまったのだろう。あの後——うとうとして目が覚めた時、うっかり深見にしがみついたまま眠っている自分の姿には、心の底から仰天した。

大慌てでベッドを下りて、上着を着てから外に出た。実際あれは、自分史上最悪に恥ずかしい思い出になった。まるで恋人気取り、みたいな……深見が最後まで目を覚まさなかったのが唯一の救いである。

それでも、黙って船を降りてしまったことが少しだけ心残りで、翌日、初めて自分から電話してみようと思ったのだ。——が、そこではたと気がついた。

あれだけのことをされたのに、祐未は深見の個人的な連絡先すら知らされていなかったのである。

結局、双方が連絡しないまま週が明け、今日はもう木曜日だ。これがもしかして「手のひら返し」で関心が逸れた——ということなのかもしれないと思いながら、祐未は深見のことを極力考えないようにして、ひたすら仕事に打ち込んできたのである。

その時、祐未と奈々の背後で、チンと音がしてエレベーターの扉が開いた。

「だから、その話はでたらめだと言っただろう！」

いきなり聞こえてきた深見の声に、祐未は少し驚いて息を引いた。

「どうしても来週までに、都合五台のダンプが必要なんだ。できない？　何故？　いや、結構、今からそちらで直接話をさせてもらう」

大股で歩きながらスマートフォンを耳にあてている深見の表情の険しさに、祐未は再度驚いた。彼の背後には、一度彼のオフィスで見かけたヤクザのような強面の男が従っている。反射的に顔を伏せた祐未の横を、二人はあっと言う間に通り過ぎた。

深見は一度通話を切り、すぐに別のところにかけ始める。

「お世話になっております。私、『ウエイク』の深見と申します。そちらの中山《なかやま》社長にお取り次ぎ願いたいのですが――いえ、今すぐに」

深見はその間、一度も祐未に気づくことなく、自動扉の向こうに消えてしまった。

祐未は顔をあげ、少しぼんやりしながら車に乗り込む深見を見送った。

まるで別の人を見ているようだった。怒った声や、険しい顔つきだけじゃない、初めて彼の着ている服が、どこのブランドか判らなかった。

少しくたびれた白いシャツに、黒っぽい細身のパンツ。ネクタイも上着も身につけていない。髪も乱れてバサバサだ。

「深見さ……社長は、どうかされたんですか」

祐未はつい、隣の奈々に訊いていた。奈々が不思議そうな顔をする。

「あ、いえ。いつもすごくおしゃれなのに……今日はどうしちゃったのかな、と思って」

「あー、ちょっと疲れてるんじゃないですかね。先週の土曜からトラブル続きでしたから」

そこで言葉を切り、奈々は可愛らしく笑って首をかしげた。

「服のことを言うなら、深見はいつもああですよ。そりゃお金持ちだし、時にはドレスアップしますけど、会社では大抵あんなです。だから、いつも平社員と間違えられちゃって」

「え、でも……あんな立派な社長室があるのに」

「あれは来客用なんです。それと加島さんとの密談用？」

「……加島さん」

「さっきの……、恐い顔してるから大抵の人は驚きますけど、社長のボディガード兼秘書なんです。無口だけどいい人ですよ」

それにはなんと答えていいか判らず、祐未は曖昧に相槌を打った。――ボディガード……風体からして頷けはするが、そんなものを雇う必要があるのだろうか。

「深見は基本、社員と同じフロアで仕事をしています。仕事に関しては厳しい人ですけど、気さくで誰にでも優しいから、女子社員はみんな憧れてますね」

そこで奈々が白い頬を微かに染めたから、きっとその女子の中には彼女も含まれているのだろうと祐未は思った。

「あ、申し遅れました。私、アパレル担当部長の木村と申します。申し訳ありません。本日は総務の者が皆出払っておりまして」

名刺を受け取った祐未は、少し驚いて瞬きをした。

——部長？　だってこの娘、まだ大学生にしか見えないけど……。

「直接お会いになるのは難しいとは思いますが、深見の個人的な番号ならかけても構わないと思いますよ。私も知っていますし、急ぎのご伝言があれば承りましょうか」

「……あ、そ、そうですね」

まさか知らないとも言えず——いや、言いたくなくて、祐未は会釈してから『ウエイク』を後にした。なんだか胸が重苦しいような、理由は判らないのにひどく憂鬱な気分だった。

ビルの敷地内の平面駐車場に向かいながら、祐未はその理由にようやく思い至った。

彼の周囲には、仕事相手として対等に扱われている女性たちが沢山いる。今の木村奈々もそうだし、加納美代子もそうなのだろう。

けれど祐未は、そうではない。しょせんは彼に、過去の憂さ晴らしをされているにすぎないのだ。

結婚のこともそうだ。冷静になってみれば、あらためて真意を問いただす必要もない。

（できないというなら構わないよ。一ヶ月後、僕らはめでたく夫婦になる）

結婚式は今日から十一日後、つまり彼がそう宣言してからきっちり三十日後。

つまり彼は、自分が宣言した馬鹿げた計画を、淡々と実行しているに過ぎないのだ。

どんよりと曇った空の下、社用車に乗り込んだ祐未は、無意識に煙草を探していた。

（その時、助けてやれなくて、ごめん）

――あの日、とても優しかったから。

なんだか自分一人が馬鹿みたいに勘違いしてしまっていたようだ。なんのことはない。

彼の復讐ゲームはまだ続いていただけだったのだ……


「――社長」

そんな声がしてノックもなしに社長室の扉が開いた。深見は飲み干したばかりの缶コーヒーを置いて顔をあげる。立っていたのは、深見より二時間前に帰社していた加島だった。

「なんの用だ？　十分ばかり休ませてくれと言ったはずだが」

加島の尋常でない表情を訝しみながらも、深見は疲労感で思考もままならない頭を横に振った。あれから三社と交渉して、ようやくダンプの手配が済んだ。あと一時間それが遅れていたらどうなっていたか――想像するだけでぞっとする。

美嶋祐未をクルージングパーティーに招待した翌日――つまり土曜日、いきなり『ウエイク』は、業務提携していた運送会社全てから契約解除を言い渡された。以来、文字通り、深見は不眠不休でその対応に追われている。

違約金が出るのを承知の上で、各社が契約を白紙にしたいと言ってきた理由は、今日になってようやく判った。各社に、『ウエイク』の社用メアドから『内部告発メール』が送りつけられていたのである。その内容には、さすがの深見も一瞬色を失っていた。

『ウエイク』は日常的に粉飾決算をしており、社長の深見は、大物政治家に未公開株の情報を流して私腹を肥やしている。すでに地検特捜部が内定に動いており、逮捕は時間の問題である。――驚いたことに、いずれも社外秘の決算データを用いた相当細かい証拠書類が示されており、それどころか深見個人のメール送信記録なども添えられていた。

(誤解ならいいですが、こんなものが万が一マスコミや警察に漏れたらどえらいことになりますよ。こういう噂は、すぐに株価に直結しますからね)

今日、話をした取引先の営業部長の忠告だが、確かに白いものを黒に染め変えてしまうほど、その内部告発メールには説得力と信憑性があった。

――しかし、うちの内部の者が犯人だったとは……。

そのことが、今一番深見の頭を悩ませている。

文体の特徴からいって、四月から出回っている『怪文書』と、今回の『告発メール』は、同一人が作成したものだろう。総務に確認させているが、少なくとも『ウエイク』社内のいずれかのパソコンを通じてメールが外部送信されたのは間違いないらしい。社外秘データを用いている点からみても、犯人が社内の人間であることは明白だ。

——しかし、判らないな。何故今になって、社用メアドを使うというミスを犯した？

これでは、自分を見つけてくれと言っているようなものじゃないか……

そんなわけで、ある意味、最重要問題である美嶋祐未のことをひとまず脇に置くしかない深見だったが、今はただ、少しでも疲れた頭を休めたかった。

「加島、悪いが話なら後で聞く。五分でいいから仮眠させてもらえないか」

返事も待たずにソファに寝転んだ深見は、その瞬間にポケットに入れていたスマートフォンが振動するのを感じた。そういえば今日は、やたらと電話がかかってきた。私用の番号だから無視していたが、それにしても異常な回数だった気がする。

スマートフォンを取り出して頭上にかかげた深見は、すぐに眉を寄せて半身を起こした。

——母さん……？

滅多に連絡してこない横浜在住の母親から、五回も着信が入っている。異常はそれだけではない、ＳＮＳに溜まったメッセージが……

「は？　百五件？」

深見は焦りながら、アプリケーションソフトを開いた。

深見さん、ご結婚おめでとうございます。

いきなりでマジ驚いたよ！　何をするにも速攻だな、お前。

再来週の日曜って、いくらなんでも無茶だろ。もっと早く知らせろよ。

——は？　は……？　は……？

「もう、私の用件はお察しいただけると思いますが」

加島の静かな声に、深見はようやく強張った顔をあげた。

「本日、本社の社員全員に披露宴の招待状が届きました。期日は再来週の日曜日。会場はホテルロイヤルリッツ。式場に確認の電話を入れましたが、土曜の夜に深見社長自ら電話をされた上、メールで正式にご予約されたそうです。——ちなみにその日は、仏滅です」

「……俺は、そんなことはしてないぞ」

「差し出がましいとは思いましたが、ロイヤルリッツで念のため送信者のメールアドレスを確認させてもらいました。社長の個人アドレスではありませんでしたが、うちの社用のアドレスなのは間違いありません」

深見は思わず顔をあげた。社用メールアドレス。そして土曜日といえば、契約解除騒動が起きた日でもある。

「……やった人間は同じじゃないか？　今回、各社に告発メールを送りつけた人物と」

「そう見るのが妥当だとは思いますが……」

加島は珍しく語尾を濁し、招待状の件に話を戻します、と言った。

「同様の招待状は取引先企業にも、むろん『多幸』にも出されています。ちなみにこれが、ＦＡＸで社長宛に送られてきた披露宴の見積もりです」

差し出された紙を見て、深見は軽い目眩を感じた。……都内でマンションが買える値段だ。招待客は六百人、芸能人か俺は。

「そしてもうひとつ、最早この件と無関係ではないと思うので先にご報告しますが、吉澤徹が先日のクルージングパーティーに潜り込んでいた理由が判りました」

「……言ってみろ」

「どうやら、今年に入って匿名のメールが吉澤に届くようになり、そのメールに美嶋祐未の近況が詳細に記されていたようです。それで面白半分に、といったところが動機でしょう。問題は、その匿名メールの差出人ですが」

「まさか、また、うちの社用メールか」

「その通りです」

——なんてことだ……。

深見は眉をひそめて額に手をあてた。

ではあれは彼女にではなく、俺に恨みを持つ人間のしたことだったのか。が——それにしても、五年も前に一時婚約したに過ぎない吉澤のことまで、よく調べあげたものだ。

「とにかく一秒でも早く、そのパソコンを割り出してくれ。そう難しい話ではないはずだ」

「それが、もう判っているんです」

「なんだと?」

「すぐに総務でログを解析して、判りました。メールが送信されたのはこちらの部屋の、深見社長の専用パソコンです」

「…………」

「さらに言えば、社長自らのIDとパスワードを使ってログインされた状態で、なおかつ、社長がこの部屋に在籍している時に送信されているんです」

しばらく眉根を寄せてその意味を考えていた深見は、次の瞬間、パソコンに接続された社内LANケーブルを力任せに引き抜いた。

むろん、これがウイルスの仕業なら、こうしたところで手遅れだというのは判っている。

「すぐにこのパソコンを徹底的に解析してくれ。俺にそんな真似をした覚えはない」

「承知しました」

心得たように、加島が全てのケーブルを引き抜いたパソコンを取り上げる。が、何故かそのまま姿勢を正すと、加島は再び口を開いた。

「これは、私の勘、ですが」

「言ってみろ」

「吉澤徹に美嶋祐未の近況を知らせるメールを送りつけた人物と、我が社の営業を妨害する文書を作成した人物は同じだとみてよいと思います。つまり——こういうことです。その目的は不明ですが、美嶋祐未に対する嫌がらせをしている人物と、社長に嫌がらせをしている人物は同一人だということです。——同時に、この盗撮写真についても」

言葉を切り、加島は数枚の写真をテーブルに置いた。美嶋祐未と叔父のキス写真だ。

「タイミング的に、無関係だとはどうしても思えない。いまひとつ目的は判りませんが、同じ人物が撮影したもののように思えてならないんです」

「——行平だ」

閃くように深見は言った。『トゥディラン』の行平純一。最近写真で確認した、平安貴族を思わせるような取り澄ました顔が、激しい怒りと共に蘇る。

「あの男が、美嶋さんの動向を詳しく探って仕事の妨害をしていることは間違いないんだ。しかも、奴は『三慶』ではシステム担当だった。うちのネットワークに侵入することくらいわけもないいんじゃないか？」

「その可能性が一番高いでしょうし、私もその線で調査を進めてはいます。が……」

何故か加島は言葉を濁し、少し考えるような目つきになった。

「どうもいまひとつ釈然としない。行平の過去をいくら調べても、美嶋祐未とも社長とも、全く接点が見いだせないんです。ただ同時期に同じ会社に在籍していたというだけで」

深見はなおも反論しようと思ったが、加島の目を見て言葉を呑んだ。これまで、こういった陰謀絡みの案件で、加島の読みが外れたことはないからだ。

「——判った。でも急いでくれ。相手は、思っていたよりずっと危険な人間かもしれない」

呻くように言うと、深見は眉根に力をこめた。

——確か美嶋さんは、行平に仕事を妨害されるようになったのは四月からだと言っていた。そう、四月だ。おかしな怪文書が出回り始めたのも同じ頃。確かに、これは偶然じゃない。四月……四月、その頃何かがあったのだ。犯人を刺激するような何かが。

その時控え目なノックがされて、加島が答えるとアパレル担当の木村奈々が立っていた。

「社長……あの、総務にお電話が入ってますけど」

「悪いが、後でかけ直すと言ってくれ」

「それがもう五回目で……あの、社長のお母様から、です」


「ど、どうぞ……。狭い部屋ですが」

祐未は、ひとつしかないクッションを、座布団がわりにローテーブルの下に置いた。

六畳の1K。その半分がベッドだから、謙遜抜きで本当に狭い。

「あの……、今お茶でも淹れますね？」

どうしてこんなことになったんだろう――。そう思いながら、祐未は気力の全てを振り絞って立ち上がった。

今、――テーブルの前に、折り目正しく座っている女性は深見美登里《みどり》。

信じられないことに、あの深見貴哉の母親である。

今日の夕、件の招待状のせいで、さすがに会社に居づらかった祐未は、仕事を残して早々に帰宅した。が、本当はそれは口実で、仕事をする気分になれなかったというのが本音だった。もう深見貴哉の顔なんて見たくもないし、考えたくもない――すると、賃貸マンションのエントランスに、その深見貴哉と同じ目鼻立ちをした女性が立っていたのだ。

「おかまいなく」

そっけなく言うと、深見美登里はそれきり再び無言になった。

一目で深見貴哉の関係者だと判るくらい、綺麗な容姿の人である。が、彼女自身はその美貌に一切頓着していないのか、白髪まじりの灰色の髪はきつくひっつめられ、目にはおそらく老眼鏡。眼鏡の向こうの灰色がかった双眸は厳しく、ぴんと背筋を伸ばして口角を下げているあたり、まるで気難しい教頭先生のようでもある。

——どうしよう……か、かなり、苦手なタイプかも。

不思議なくらい無口な人だが、何故祐未を訪ねて来たのかは、説明されなくとも察しがついた。この人も今日、初めて、息子の結婚の知らせを聞いたのだ。

——ほんと……勘弁してよ、深見さん。

一体私とのことを、お母さんにどう説明してるのよ。ていうか、本当に結婚する気もないくせに、家族まで巻き込んで騒ぎを大きくするってどうなのよ！

紅茶に買い置きのお菓子を添えて、ようやくお茶の準備が整った。

お礼を言ってカップを持ち上げた美登里は、無言で紅茶を口に運んでいる。テレビをつけるわけにもいかず、さりとて祐未から振る話題もなく、祐未は苦し紛れに時計を見た。

「あ、もうこんな時間ですね。よろしければ、簡単な食事でも用意しましょうか」

「……いいえ、結構」

それきり会話は途切れ、ただ時計の秒針の音だけが規則正しく室内に響く。

祐未は諦めにも似た気持で、自分も紅茶のカップを取り上げた。会話を拒否されている理由は察しがつく。深見美登里は不愉快なのだ。挨拶ひとつないままにいきなり結婚すると知らされれば、親なら誰だって不快に思わないはずがない。

「祐未さん」

「っは、はい」

自分の父親のことを考えていた祐未は、びくっと肩を震わせる。そんな祐未を、美登里は灰色がかった目でじっと見つめた。

「もしかしてあなた、貴哉が最初に勤めていた、『三慶』のお嬢さん?」

その言葉だけで、目の前の女性が沈黙する理由の全てが判ったような気がした。

祐未はごくり、と唾を飲んだ。それはそうだ。誰が好んで、あれほど立派になった息子の嫁に、犯罪者の娘などを望むだろうか。

「……おか、いえ深見さん、いずれ息子さんから……説明があると思いますが」

緊張しながら口を開いた祐未を柔らかく遮るように、美登里は上品な口調で続けた。

「『三慶』を辞めた時も、今の会社を起こす時も、あの子は私に一言も相談しませんでした。だから今回も驚きやしません。あの子が決めた相手なら私は反対しませんよ。……でもね」

言葉を切った美登里は、ひとつ物憂げに息を吐いた。

「貴哉はああ見えて恐ろしく頑固だから、自分のことをあまり話したがらないでしょう。

もしあなたが何もかも承知しているのならいいですが、きっとそうではないと思うので言います。――あの子の父親が、早くに亡くなっていることは聞いていますか」

「え、いえ……」

ドキンとした。そんな話は、今まで聞いたこともない。

「うちは何代も続く産婦人科医院でしたが、色々あって、最後は借金だけ残して閉院しました。その辺りの詳しいことは貴哉の口から聞いてください。ただこれだけはお断りしておきます。美嶋家がどれだけ華やかな列席者を揃えても、深見の家からは私一人しか出席できません……。それを、お詫びしておきたくて」

そこで美登里が手をついたので、驚いた祐未は、急いで膝でにじり寄った。

「待ってください。お詫びしなければならないのは私の方です。ご承知かと思いますけど」

けれど美登里は、硬質な目に初めて慈愛を滲ませて祐未を見上げた。

「お父様は、式には出席なされる？」

「…………」

「貴哉は、あなたのお父様はとても立派な人だと褒めていましたよ。事件のことも、私財の全てを抛《なげう》ってお一人で責任をとられたとか。あれだけの企業のトップが、組織の全てを掌握していたわけではないでしょうに」

――深見さんが……そんなことを？

戸惑う祐未を、微笑んで見つめてから、美登里は続けた。

「貴哉は当初、あなたよりもあなたのお父様が好きだったようですね。大学の頃から目をかけてもらっていたから、実の父親のように親しみを覚えていたのかもしれません」

「…………」

「今でも、葉書のやりとりをしているみたい……。私には電話一本寄越さないのにね」

その時玄関のベルが鳴ったので、我に返った祐未は、慌てて立ち上がった。

「多分、貴哉ですよ。私がここにいると電話で知らせたので」

まだ動揺が収まりきらない祐未の背後で、美登里の淡々とした声がした。

「私はもう帰ります。あの子と会うとつい小言を言ってしまいそうなのでね。――祐未さん、貴哉のことをよろしく頼みますね」


「深見さ――って、何やってんですか」

洗い物を終えて振り返った祐未は、部屋の棚に置いてあるものを片っ端から手にとっている深見を見て、思わず非難の声をあげた。

美登里の予言通り、玄関を開けたら立っていたのは深見だった。

その時点で、予想外だったことが二つある。深見がひどく落ち着き払っていて、母親の誤解を解こうともしなかったこと。そして、一度は母親を駅まで送るために出て行ったものの、再び祐未の部屋に戻って来たことだ。

「ちょっと、あまり勝手に触らないでくださいよ」

「何故？　何か僕に見られたらまずいものでもあるのかな」

祐未の顔も見ずにそう言った深見は、今度は次々と収納ケースの中をのぞき始める。

「ちょっ――っ」

そこは下着！

さすがにたまりかね、祐未は深見の手を押さえていた。

深見は少し驚いたように顎を引く。祐未もそれが伝染したように戸惑って、急いで重なっていた手を離した。

今更ながら動悸がした。そういえば今日――初めて、彼の素肌に触れたのだ。

今夜の彼は、ゼニアのスーツに、ルイジボレッリのネクタイ。昼間のくたびれたスーツ姿ではない。今日はあれだけ忙しそうだったのに、わざわざ着替えて来たのだろうか。

「とにかく――今度同じ真似をしたら、迷わず警察を呼びますからね」

祐未は、速くなった動悸を誤魔化すように顔を背け、そして思った。今度こそ五年前の非礼を詫びようと思ったのに、今のでまた言うタイミングを逸してしまった。もしかして部屋の探索も、ストーカーの習性のひとつなのだろうか？　いずれにしても、この男のこういう変態的なところだけは我慢ならない……。

深見の視線は、まだ部屋のあちこちに飛んでいる。祐未はそれを牽制するように、少しだけ深見を睨み、躊躇ってから口を開いた。

「……お母さん、今夜はこちらにお泊めしなくてもよかったんですか」

「明日も仕事があるんだろう。それにあの人は、僕の部屋には絶対に泊まらないんだ」

ようやく視線を定めると、深見は祐未のベッドに腰を下ろした。

「どうして、ですか」

「風水マニアでね。僕がそういったことに無頓着だから、あれこれ配置を変えたくて仕方なくなるらしい。――この部屋のことは褒めていたよ。風水的にいい配置だって」

「本当ですか」

思わず表情を明るくさせた祐未だったが、逆に深見が物憂げな目になって黙ったので、そこで会話は途切れてしまった。

こういう時、得意の営業トークが一切出てこないのが不思議だった。沈黙など一秒も続かない内に、次から次へ話題を繰り出すのが得意技だったはずなのに――。

祐未は壁際に立ったまま、遠慮がちに深見の方に視線を向けた。

テーブルとベッドの間に窮屈そうに収まった長い脚。元々狭い部屋が、長身の深見がいると、ますます狭くなったようだ。

ふと顔をあげた深見と目があったので、祐未はドキッとして視線を下げた。

今日、すごく遠くにいた人が、今は手を伸ばせば触れられる距離にいる。それがすごく不思議だし、なんだか――いつもの何倍も気恥ずかしい。

「あの、深見さん」

うつむいた祐未は、思い切って口を開いた。披露宴のことは後できっちり話し合うにしても、今日こそは、深見に謝らなければいけない。

(あの子の父親が、早くに亡くなっていることは聞いていますか)

むろん知らなかった。そして知らなかったとはいえ、そんな深見に五年前の祐未は、「幼稚園からやり直してこい」とか「教育にお金を惜しんだ家庭の問題」みたいな暴言を吐いてしまったのだ。

祐未の父と大学生の頃から親交があったというのも初耳だ。実家が産婦人科医院をやっていたことも知らなかった。――そういったことを、深見の口から聞いてみたい……。

が、深見を横目で見上げた祐未は、思わず脱力して息を吐いた。

彼は、相変わらず挙動不審じみた目つきで室内のいたるところに視線を向けている。言い方は悪いが、あたかも浮気の証拠でも見つけようとしているかのようだ。

「あの……深見さん?」

「ん?」

「さっきから一体何を探してるんですか。うちには本当に、何もないですよ」

しかし深見は、ものも言わずにベッドに横になった。ただ横になったのではない。そのままの姿勢で、やはり注意深く部屋のあちこちに視線を巡らせている。

――駄目だ……この人。

祐未は諦めて嘆息した。よく判らないけど、アイデアのスイッチでも入ったのだろうか。

祐未にもそんな時がある。まぁ、今の深見みたいに不審な行動を取ったりはしないが。

「……結婚のことは、どう収拾つけるつもりなんですか」

祐未は諦め、仕方なく今日一番の本題を切り出した。これだけは、どれだけアイデアのスイッチが入ろうと深見の口から撤回してもらわなければならない。

「お母さん、本気で信じていらして……ちょっと、いくらなんでもやり過ぎですよ。本当に式場をおさえて招待状まで送るなんて、今日、私がどれだけ驚いたか判ります？」

ようやく祐未に視線を向けた深見は、ややあってから起き上がった。

「どうもこうもない。僕は自分が宣言したことを言葉通り実行しているまでだ」

予想していた答えとはいえ、その言葉の冷たさに、祐未は少しだけ傷ついていた。

「それは……判ってますけど、あれだけ話が大きくなったら、後が大変じゃないですか」

「後？」

「だって――結婚は、……あれはただの、脅しですよね？」

少しの間黙った深見は、見合いの席で見せたような冷たい目で祐未を一瞥した。

「君が、一ヶ月で僕を夢中にさせない限り、予定通り結婚する。最初からそういう約束だったはずだ」

「だからそれは」

「あと十日……十一日か。君の態度をみるに、とても無理だと判断したまでだ。少なくとも披露宴の後、一ヶ月は夫婦でいればいい。その後は離婚でもなんでもすればいいだろう」

あまりのひどい言いように、さすがに祐未は言葉を失っていた。

一体この人は、結婚というものをどう考えているんだろう。私たちはそれでよくても、それに振り回されて一喜一憂する家族のことはどう考えているのだろうか。

「私、あなたと結婚なんてしませんよ。これだけはどう脅されてもお断りです」

「いや、するんだ」

きっぱりとした断定口調で深見は言い切った。

「こうなったら、もう僕も後に引けない。なにがなんでも、約束した日に君と結婚するから覚悟しておいてくれ。お互い卑怯者同士、そこで勝負をつけようじゃないか」

——はい？　卑怯者って……もしかして私のこと？

唖然とする祐未から視線を逸らし、何故だか壁の辺りをひと睨みすると、深見は上着を摑んで立ち上がった。

「さて、そういうわけでそろそろ僕はお暇するが……これはこの部屋の鍵か？」

入り口近くの壁にひっかけていた鍵を、深見が指で摘んで取り上げる。

「スペアはあるかな」

「……ありますけど、深見さんに渡したりしませんよ」

「いい。これをもらうから」

——はっ？

「ちょっ、深見さんっ、ふざけないで」

「ふざけてない。僕は本気だ」

深見は鍵をあっさりと上着の内ポケットに滑らすと、そのまま玄関に向かおうとする。

祐未は急いで追いかけて、彼の腕を摑んで引き止めた。

「返して」

「いやだね」

「本気で警察に届けますよ」

「披露宴の招待状を配った直後に？　誰がみても痴話喧嘩かマリッジブルーだ」

なんなの、この人。この前はあんなに優しくて紳士的だったのに、一転してこの横暴な態度はなんなのよ。私が今日……どれだけ、この人のために嫌な思いをしたか……。

悔しくなって、祐未はつい深見を睨んで言っていた。

「結婚なんて、絶対に、絶対に、絶対にしません」

深見が足を止め、少し目元を険しくして祐未を見下ろす。

「約束通り、あなたを夢中にさせたら別れてくれるんですよね？　じゃあそういう機会をちゃんとください。連絡も寄越さずにいきなりこんな──卑怯じゃないですか！」

黙ったままの深見の目にふと暗い影がよぎった。

「そう……僕は卑怯な男だ。君に言われるまでもなく」

彼は周囲を見回すと、祐未の腕を引くようにしてすぐ傍の浴室の扉を開けた。

「ちょ……、深見さん？」

え……、なんだってこのタイミングでお風呂なの？

「じゃ、賭けようか」

「……賭ける？」

「君が僕を先に気持よくさせたら、鍵は君に返すと約束する。でも君が先によくなったら
――そうだな。明日一日、僕につきあってもらおうか」


扉が閉まった途端に唇が被さってくる。一瞬抵抗したものの、それは殆ど形にはならず、
祐未は深見に抱きすくめられたまま浴室の壁に押し付けられた。

「ん……、ん……ン」

ぬるついた舌がいやらしく祐未の口中を犯していく。舌と舌が柔らかく絡まり、愛撫されながら誘うように引き出されて、深見の唇に捕らえられた。

「んっ……」

深見は自身の唇で挟みこむようにして、祐未の舌をチュプチュプと上下に擦る。互いの唾液が唇の端を伝い、あまりの淫らさに頭の中が真っ白になった。

そうしながら、深見の指は祐未のブラウスのボタンを外していく。

――や……、やだ。なんで、こんな場所……

部屋にはベッドもあるのに、なんでわざわざ浴室なの？　そうは思ったが、もう思考が

痺れたようになって、考えが上手くまとまらない。

肩から下ろされたブラウスが、袖口のボタンでひっかかる。深見は祐未の両腕を背中に持って行くと、絡まったブラウスを使って両手首を緩く縛った。

「ちょっ、ふ、深見さ……」

驚いてあげた声は、再び被さってきた唇で遮られる。今度は祐未の中に自分の舌を差し入れながら、深見は祐未の胸を覆っていたブラジャーを肩からそっと引き下ろした。

「ン……、や、やだ」

二つの丸みが外気にさらされ、恥ずかしさで双眸が潤んだ。前は深見に背を向けていた。でも今は互いに向かい合って、こんな淫らな格好をさせられているのだ。

チュ、チュ、と湿った音をたてて、深見の唇が顎から首へ、そして肩に繰り返される。彼は片手でブラウスに包まれた祐未の両手を拘束し、もう片方の手で腰を抱く。そして、膝を折り、唇を胸の膨らみにそっと押し当てた。

「や、み……見ないでっ」

「すごく可愛いよ。……綺麗な乳首だ」

すでにピリピリと疼き始めた先端に、軽く唇をあてられる。

「んッ……」

「こうされるのは初めて？　やばいな、俺の方が興奮する」

囁くように言った深見は、祐未の敏感な尖りを口に含んだ。

熱い粘膜に包まれ、舌先がクニュクニュと硬くなった蕾を捏ね回す。外気にさらされた胸に触れる、深見の息が熱い。

「あ……、や、やぁ」

もう片方の乳首を、触れるか触れないかの微妙なタッチで擦られ、祐未はたまらず膝を折る。それを深見に再び元の位置に戻される。

「ン、ふ……、や……」

浴室の中に、祐未の浅い呼吸と、深見の舌がたてる淫猥な音だけが響いている。

頭も身体も、芯にある大切な何かが痺れてとろけ、今にも滴り落ちそうになっている。

淡い電流が、時折快感の萌芽にいきついては儚く消える。その度に、何故かもどかしくてたまらなくなる。どうしてこうなるんだろう。自分の気持とは裏腹に、身体はまるで魔法にでもかけられたように、この淫猥な快楽を求めている——

濡れた音をたてて唇を離した深見は、祐未の腰をそっと手のひらで撫で上げてから、ウエストを締めていたベルトに手をかける。

いきなり、初めての時の恐怖が蘇った祐未は、夢から覚めたように深見から腰を引いた。

「っや……、いや、あれはもういや、深見さん」

「大丈夫、君を気持よくするだけだと言ったろう?」

もがく祐未の腰をしっかりと抱き支え、みぞおちの辺りに熱っぽくキスをしながら、深見が掠れた声で囁いた。

ベルトが外され、スーツのパンツが膝下まで落ちる。腹部に舌をあててキスをしながら、深見は両親指でショーツを少しずつずらしていく。

「んッ、や、だめっ、お願い」

「しっ、声が大きい」

「そっ、そんなの卑怯——」

深見の唇が、脚の付け根ぎりぎりに触れ、祐未はびくっと身体を震わせた。

「や……やだ……」

秘部を覆っているものを、舌でそっとかきわけられ、閉じた場所にぬるっと入り込む。

「——っ、だっ」

出そうになった声を、祐未は唇を震わせながら呑み込んだ。やだ、やだ、こんなの絶対にいやだ。

硬く尖った舌先がクプンと熱いぬかるみに沈み込む。チュクチュクと吸い付くようなキスをしながら、深見はゆっくりと舌を上下に動かし始めた。

「だッ……、ン…………あ」

祐未は息を堪えるようにして、甘く痺れて崩れそうな身体を懸命に支えた。

——や……やだ……、こ、こんなの、聞いてないし、有り得ない。あんな場所を……、ふ、深見さんに……

お尻から回された指が、閉じた媚肉を優しくぬるぬると擦り始める。指は少しずつ堅い扉を開いていき、そこから溢れでた蜜をまといながら熱くとろけた場所に侵入《はい》っていく。

「ン……、あん……やぁ……っ」

ぬるついた舌と、いやらしい指で、同時に恥ずかしい場所を弄られて、頭がおかしくなりそうだった。

クプン、クプン、と指が優しく抽挿を始める。そうしながら、深見の舌もどこか優しく、決して頂点に辿り着かないもどかしさで、ヌリュヌリュと祐末の敏感な蕾を舐め続ける。

どうしてだか、触られていない胸の先端がチリチリする。前と同じで、甘苦しい何かが下腹部いっぱいに充満して、それを吐き出す時の快感を求めていやらしく震えている。

——あ、だ、だめ……。

そして、また、あの感覚がやってくる。下肢から腹部にかけてがぞくぞくして、肩と脚に力がこもるあの感覚。けれど次の瞬間、不意に深見が舌と指を同時に離したので、祐末は乱れた息を吐きながら、わけがわからないままに彼を見下ろした。

「……駄目だよ」

深見は、暗い興奮を切れ長の双眸に滲ませたまま、立ち上がって自身のベルトを外し始めた。ずるりと引き出された肉茎の、思いもよらぬ生々しさに祐末は驚いて顔を背ける。

前も思ったが、貴公子のように取り澄ました深見が、こんな獣じみた凶器を隠し持っていることが信じられない。それはグロテスクにそそり立ち、膨れ上がった血管がドクドクと息づいているかのようだ。

深見に腰を抱かれ、祐未は怯えながら首を横に振った。

「大丈夫、もうあんなに痛くはない。君のタイミングで、ゆっくりと挿れてあげるから」

「……む、無理……」

それでも、腕を縛られた不安定な身体は、否応無しに抱き寄せられる。深見は、祐未の腕に絡んでいたブラウスを丁寧に抜き取ると、自由になった腕を自分の肩に回させた。そして耳に唇を寄せる。

「……祐未さん」

耳元で囁かれ、ずくん、と脳髄の奥が熱く疼いた。まさかこのタイミングで、再会して初めて名前を呼ばれるなんて思ってもみなかった。

「あ……やぁ」

片脚を持ち上げられ、深見の凶器がぬるついた割れ目を擦り始める。そして圧迫感を増しながら少しずつ中に挿入《はい》ってくる。祐未は必死で深見にすがりながら首を横に振った。

「あ……ッ」

「ん……」

深見が耳元で熱い息を吐く。半ばまで押し込まれた熱塊が再び入り口辺りまで戻された時、祐未は不意に突き上げてきた官能に、我を忘れて甘い声をあげた。

すぐにキスで唇を塞がれ、舌でかき回されるように口腔内を愛撫される。そして再び、はちきれそうに熱い深見のものが、祐未の内奥に挿入ってくる。

──……あ、……嘘……全然、痛くない。

舌を出しあうようなキスを続けながら、深見がゆっくりと腰を打ち付け、祐未の身体を揺さぶってくる。

「ン……、あん、……ん」

信じられないくらい気持ちいい。もうどうにかなりそうなくらい、こうされているのが心地いい。

ヌプッヌプッと、焦れるほどゆったりと抜き差しさせながら、深見が祐未の耳を嚙むようにして囁いた。

「祐未さん」

「やっ」

「祐未さん、俺のでイって」

「……ッあ」

かっと身体の芯が熱くなり、緩くて深い官能が繋がった場所から急速に広がっていく。深見のものを奥まで呑み込んだまま、祐未はあられもなく胸を反らせ、ビクビクッと身体を震わせた。

「……僕の勝ちだね」

囁いた深見に、官能の気だるい余韻でぐったりとした身体を抱き支えられ、今度はあぐらをかいた彼の上に跨がるように座らされる。まだ繋がったままのそれが、ひどく敏感に

なった祐未の粘膜をじわじわと満たしていく。

「あ……や、……ふ、深い……」

「大丈夫……、乱暴にしないから」

それが最奥に達した時、彼のものが自分の中で蠕動し、一段と硬さを増すのが判った。

その途端にまだ収まりきらない快感の残滓が刺激され、祐未は甘い声をあげて首を振る。

「ン、ふ、深見さん、いやぁ……」

「駄目だよ。今日は君のいやらしい顔を、何度も見ると決めたんだ」

「ゆっ、ゆる、して」

「忘れたのかい？　今夜、僕を挑発したのは君なんだ」

胸の蕾を口中に含んで転がしながら、深見の指が祐未の押し広げられた潤みの中に滑りこむ。そのまま下から緩やかに突き上げられ、再び頭の中が白くなる。二度目の官能をより深い場所で味わった祐未の中で、それでも深見の熱量は少しも変わらないままだった。


——全く……反則だろう、名前を呼んだだけであんなに可愛く反応してくるなんて。

寝息をたてる祐未の髪を優しく指で梳くと、深見は、気鬱な溜息をついた。

浴室で、息も絶え絶えになってしまった祐未を抱いてベッドまで運んだものの、彼女は疲れたように目を閉じて、ほどなくして眠ってしまった。

ベッドの端に腰を下ろしたまま、深見は黙ってその寝顔を見つめていた。

浴室では、随分恨みがましい目をされた。何故こんな場所でと思ったろう。絶対に説明する気はないが、この部屋で安心できる場所は、浴室もしくはトイレしかないからだ。

祐未の肩に薄い夏布団をかけると、深見は苦い顔のまま立ち上がった。

——一体、何をやってるんだ、俺は……。

こんなことをするために部屋に上がり込んだわけではないし、こんなことをしている場合でもない。

なのに、挑発めいた言葉ひとつで抑制のタガが外れ、自分でも知らなかった嗜虐的な興奮を制御できず、嫌がる彼女を何度も何度も、悦楽の淵に沈めた。

いや、——そもそも彼女は、本当に嫌がっていたのだろうか？

本当に嫌なら頭突きでもなんでもして逃げればいいのに、そうはしなかった。それどころか、まるで熱に浮かされたように深見のキスに応え、名前を呼ぶ度に甘く乱れた。

それだけじゃない。今夜、徐々に気持が乱されていった原因でもあるのだが、目があう度に、どこか恥ずかしげにそれを逸らし、うつむいた。深見の経験で言えば、その態度は見え透いた誘いか、初心な恋心の発露である。

もしや、脅迫を真に受けて、本気で深見を誘惑しにかかっているのかとも思ったが、それにしては、その後の行動が、まるで計算されていない……。

——判らない……。君は一体、俺のことをどう思っているんだ。

深見は、眠る祐未を懊悩をこめた目で一瞥すると、上着を羽織って立ち上がった。

彼女の真意がいまひとつ判らなくなったのは、クルージングパーティーの夜からだ。

あの夜――パーティーの席で偶然吉澤の姿を見かけた深見は、衝動的にその後を追った。みっともない話だが、祐未が吉澤を呼びつけたのかもしれないと疑い、嫉妬したのだ。

実際、デッキで吉澤と祐未が至近距離で話しているのを見た時は、無様なほど動揺したし、しばらくどうしていいか判らないほどだった。――様子がおかしいことに気がついたのは、ようやく冷静さを取り戻し、一言嫌みでも言ってやろうと客室を出た時である。

彼女は明らかに怒っていた。そしてあの鈍い音がしたのだ。吉澤の鼻骨に頭突きを食らわせた音。苦痛に呻きながら鼻血を滴らせる吉澤の姿に、深見は凍りついていた。

あの凄まじい一撃は、いつ自分に与えられてもおかしくはなかったのだから。

喧嘩の原因は聞き取れなかったが、ただ、深見の想像と違い、吉澤との邂逅が、祐未にとって最悪なものだということだけは理解できた。

深見にとってそれは――あまりに嬉しい誤算だった。

何故なら、もう何年も前から、深見は吉澤の酷薄な正体を知っていたからだ。あの男は、祐未と婚約しながらも、複数の女たちと関係を持ち、祐未の友人にも手を出していた。さらに別れた後は、祐未の性癖を社内に暴露して侮辱するような真似までした。

それでも祐未は無邪気に吉澤を信じていると思っていたが、そうではなかったのだ……。

あの夜、吉澤がどんな言葉で彼女を侮辱したかが手に取るように判るだけに、むざむざ二人を会わせてしまった自分の迂闊さが許しがたい。あの夜、もし彼女が傷ついたとしたら、その原因のひとつは紛れもなく深見自身にあったのだ。

「………」

玄関の扉を開けて外に出た深見は、うなだれるようにして手すりに両肘をかけた。

それなのに、個室で再び顔を合わせた祐未は、恥じ入るように自らの過去を打ち明けてくれた。怒ってはいなかった。――しかも、吉澤の餌食にもなっていなかった。どれだけほっとしただろう。安堵のあまり、膝から力が抜け落ちてしまったほどだ。

その後のことは……正直、夢だったのか現実だったのか、いまひとつよく判らない。

彼女は、深見のキスに応えてくれた。そして眠りに落ちてふと目覚めると、深見の腰に両腕を回し、しがみつくようにして安らいだ寝息をたてていた。

あの時、五感の全てで感じた彼女の肌の甘い匂い――温もりと心音……

まるで子供の頃、好きな子と初めて隣の席になった時のように、胸がドキドキしてしばらく動くこともできなかった。少しでも動けば、この有り得ない夢が覚めてしまうような気がしたのだ。が――動かなくても、その夢はほんの数秒で、あっけなく覚めてしまった。

数秒遅れで目覚めた祐未が、まるでとんでもない失敗をしたみたいに大急ぎで身を引き、逃げるように客室を出て行ったのだ。

その時「最悪」という呟きが確かに聞こえた。そこで、冷水を浴びせかけられたように深見は二人の現実を理解した。

五年前、あれだけ男たちに囲まれていたのに、彼女の身体は清らかなままだった。その彼女に、最低最悪の真似をしたのは吉澤ではない。——深見自身だったのだ。

それでも今夜は、どう拒絶されても引かない覚悟で、深見は彼女の部屋を訪問した。母に会うためではない。加島から盗撮犯と一連の嫌がらせの犯人が同一人物だと聞かされて、矢も盾もたまらず、盗撮現場となった部屋を確認しておきたいと思ったからだ。

どうせ、これ以上嫌われようのないところまで嫌われている。そんな開き直った気持だったのだが……。

——なのに……なんなんだ、あの曖昧な、どうとでもとれる態度は。

きりのない懊悩を振り切るように、深見はスマートフォンを耳にあてた。迷いは尽きないが、今の深見にとって喫緊《きっきん》に処理しなければならない問題は恋愛ではない。

「加島か。俺だ。場所は判るな？　悪いが、至急やって欲しいことがある」

手すりに半身を預け、青白い月を睨みながら深見は続けた。

「明日一日、美嶋祐未を部屋から連れ出すから、彼女の部屋に仕掛けられたカメラを全部探しだして回収して欲しい。ひとつ見つけたが、他にもまだあるかもしれない」

部屋に入ってすぐに判った。あの盗撮写真は、外から撮影したものではない。——部屋の内部から撮影したものだ。

つまり四月から、深見を貶める怪文書を取引先に送り、祐未の仕事を妨害してきた人物は、彼女の部屋に自由に出入りできている、ということになる。

「それから、俺の個人口座から式場に金を振り込んでおいてくれ。ああ、予定通り披露宴をあげる。俺の勘が正しければ、そいつは相当慌てるはずだ」

加島の苦言を聞き流し、深見は再度同じ命令を繰り返すと、一方的に通話を切った。頭に浮かんでいるのは、やはり行平純一の取り澄ました貴族面だった。

加島にこれ以上くどくど言うつもりはないが、五年前の美嶋祐未には、信じられないほど多くのストーカーじみた崇拝者がいたのだ。その殆どは深見が撃退したつもりだったが、行平もその一人だったに違いない。

「……悪いが、やられっぱなしは俺の性じゃないんでね」

――見てろ、これまでは防戦一方だったが次は違う。今度は、こっちから仕掛けてやる。


「じゃあ、これでお願いします」

祐未が乱暴に指差したものを見て、深見は疲れたように嘆息した。そして、即座に魅力的な笑顔を作り、はっと頬を染めた担当スタッフの女性に向き直る。

「何度もすみません、違うパンフレットを見せていただけますか」

「あ、申し訳ございません。後はもうオーダーメイドにされるしか……」

「もうどうでもいいじゃないですか。ウェディングドレスなんか」

祐未は思わず遮っていた。

その声が大きかったせいか、その場にいた式場スタッフが全員動きを止めて振り返る。

一瞬の凍りついたような間の後、深見が取り繕ったような微笑を浮かべた。

「気にしないでください。彼女、マリッジブルーなんですよ。——判りました。全て彼女の言う通りに。ついでに僕のタキシードも、一番安くて地味な物でお願いします」

深見母子が相次いでやってきた翌日——玄関のチャイムで目が覚めた祐未は、朝の六時台に来客という事態に驚きながら、寝ぼけ眼《まなこ》で扉を開けた。立っていたのは深見だった。

わけが判らないままに、大急ぎで支度をさせられ、引っ張られるように部屋から連れ出され——その時点で午前七時。

深見は、ホテルのベーカリーでモーニングをオーダーすると、披露宴の招待客リストをテーブルに広げ——そして、言葉も出ない祐未にこう言ったのだった。

（いいか。これはすでに社葬……じゃない、社婚だ。もう僕ら個人の問題ではなく、双方の社あげての行事だと理解して欲しい）

祐未はただ唖然とした。世の中に、そんな馬鹿げた結婚があるだろうか。しかし確かに招待客リストには、『多幸』の全社員とその取引先の代表取締役が名を連ねている。深見の招待客リストはさらに膨大だったが、やはり似たようなラインナップなのだろう。

そうこうしている内に出社時刻が迫ってきて、祐未は、せめて午前だけでも会社に顔を出させてくれと頼んだが、深見はにべもなくそれを拒否した。

（田之倉社長からはすでに承諾をもらっている。美嶋さんにはこれから、社婚の準備にいそしんで欲しいと言われたよ。もちろん、披露宴まで仕事は休んでもらう）

その一言で、昨夜の胸が熱くなるような思い出も、深見に対するいくばくかの愛着も消し飛んでしまったようだった。

どうしてこんなに勝手な真似をするんだろう。この人は、私がどんな思いで今の地位を築いたか判っているんだろうか。――いや、全く理解していないに違いない。

この人はただ、自己満足のために、私を支配下に置きたいだけなのだ……。


「君は僕に恥をかかせたいのか。確かにウェディングドレスなんてどうでもいいさ。だったらせめて、僕のオーダー通りにしてくれてもいいだろう」

祐未は冷めた目で深見を見上げた。

外はどんよりと曇った雨雲がたちこめている。平日午前の街並みはまだ人通りも少なく、通りの真ん中で睨み合う二人を、足を止めて一瞥していく人もいる。

「何度も言うが、君の恥は僕の恥、そして『ウエイク』と『多幸』の恥なんだぞ」

祐未は何も答えないまま、つんと顔を逸らして歩き出した。

結局祐未が口出しできたのは衣装のことだけで、後は深見一人が全てを決めた。料理、引き出物、ケーキ、司会、写真撮影、当日の進行等々、驚くほど沢山の判断と選択を、彼は実に無駄なく済ませ、ようやく昼前に二人はホテルから解放されたのだった。

何故こんなことのために仕事まで休まされたのか。正直、祐未は不満で仕方ない。

「まぁ、いい。そろそろ昼になるが、予約したレストランに」

そこで深見は言葉を切って、小さく嘆息した。

「行かないんだろうな」

「ご遠慮します。なにしろ、服がこれしかなくて」

祐未は皮肉をこめた目で深見を見上げた。

「私のような者がご一緒すると、深見社長が恥をかくだけだと思いますから」

むっと眉を寄せた深見の表情に、打ち合わせの時から見え隠れしていた怒りが浮かぶのが判る。少しだけ怯んだ時、いきなり腕を摑まれた。

「判った。じゃあ君にふさわしい場所に行こうか」

「えっ、ちょっと」

――な、なに？　私にふさわしい場所……？

有無を言わせずに引っ張られて連れて行かれたのは、そこから徒歩で五分もかからない場所にある、遊歩道や野球場などの施設を擁した区立公園だった。

グラウンドに面したベンチに祐未を座らせると、深見はそのまま踵を返して歩き去った。

「ここで待ってろ」

彼の目は怒ったままで、手を引いている間も、一度も祐未を見ていない。

――なによ……。

深見の背中が遠ざかるにつれ、何故だか大切なものが失われていく感じがして、祐未はその感覚に戸惑いながら、所在なく唇を尖らせた。

確かに大人気ない態度で、深見に恥をかかせてしまったのは悪かった。が、そもそも常軌を逸した真似をしているのは深見の方なのだ。

——勝手に結婚を決めて、その上仕事まで休ませるなんて、あの人、私を自分の所有物かなにかと勘違いしてるんじゃないの？

いっそのこと、このまま仕事に行ってしまおうかとも思ったが、何故だかベンチを立つ決心がつかないまま、祐末は野球の練習をしている学生たちの光景に目を向けた。

雲が切れたのか、グラウンドの緑に少しだけ陽が差している。時折間延びしたように響く金属バットが硬球を叩く音。自分はこんなところで何を馬鹿みたいに座っているんだろう——と思った時、ふっと鼻先に甘いケチャップの匂いがつきつけられた。

「ほら」

瞬きする祐末の目の前で、包装紙にくるまれたホットドッグが湯気をたてている。

「なん、ですか」

「昼飯だ。そこの屋台で買って来た」

啞然とする祐末には目もくれず、深見はベンチに座ると、手にした袋からもうひとつホットドッグを出し、勢い良く齧り付いた。

「うん、美味い」

——嘘でしょ。よりにもよって、こんな食べづらいものを……

とはいえ、深見がこうして戻ってくれたことに、少しだけほっとしている自分がいる。

「……午後から、どうするつもりなんですか」

ハンカチを膝に敷き、指でちぎったパンをちびちびと口に運びながら、祐未は訊いた。

深見はそんな祐未を少し皮肉な目で見てから、汚れた指を紙ナフキンで拭う。

「順番は逆になったが、挨拶に行こうと思っている」

「挨拶？」

「君のお父さんのところだ。結婚するんだから、当たり前だろう」

うっと、パンの欠片が喉に詰まる。咳き込んだ祐未は、慌てて深見の顔を見た。招待客リストには美嶋家側の親族は一人もなく、それだけは、深見の優しさだと思っていたのだ。

「ちょっと、それはやめてください。お父さんには絶対に知らせないで」

「どうして？　もし別のルートから耳に入ったら、美嶋社長に申し訳ないだろう」

深見が、まだ父を社長と呼ぶことに驚きながらも、祐未は必死に深見に訴えた。

「父は心臓が悪いんです。いきなり結婚するなんて言ったら、どんなに驚かれるか」

「どのみち、知られることは避けられない。僕がきちんと説明するから大丈夫だ」

「でも――なにも私たち、本当に結婚するわけじゃないですよね」

ふっと深見の目が冷淡になる。

「するんだ」彼はきっぱりと言い切った。

「動機はどうあれ、少なくとも何ヶ月かは、僕らは本当の夫婦になる。そうである以上、美嶋社長に挨拶もしないなんて、常識的に有り得ない」

そもそも常識のないことをやらかしてる人が、何をえらそうなことを言っているんだろう。――と思ったが、どうやら説得すればするほど、深見は頑なになる性質のようだ。

祐未は唇を噛んで、諦めの息を吐いた。

「実は……色々事情があって、私が直接、父の家に行くわけにはいかないんです」

「……というと？」

祐未は再度溜息をついた。どうしてこんなことまで、この男にいちいち説明しないといけないんだろう。

「……嫌われてるんです。お義母さんに」

「それは、依子さんのことか」

少しだけ驚いた深見の声に、祐未は短く頷いた。

父の若い後妻のことは、当時の『三慶』でも話題だったから、当然深見も知っていただろう。『みなわ不動産』時代に父の秘書をしていた女性で、祐未とは年が七つしか違わない。

「……私が行くとヒステリーみたいになって、父に当たり散らすんだそうです。父は今、依子さんに頼りきって生活しているから……あまり、邪魔するような真似はしたくなくて」

深見は黙って、ただ唇の辺りに指をあてる。

「いきなり訪ねて行くと、依子さんが不愉快になるかもしれないから……。結婚のことは、もし知らせるなら、別の人を通じて話してもらった方がいいと思います」

「僕の知る限りだが、……依子さんはそんな人ではないと思うがな」

この人に、うちの家族の何が判るというんだろう。一瞬そんな思いが胸を掠めたが、祐未は反論を呑み込んでから、続けた。

「こうなったのは父が逮捕されてからなんです。どういうわけだか、私が、父と依子さんを別れさせるつもりだと思い込んでしまって……。何を言っても信じてもらえないから、今は、叔父さんを通じてかろうじて連絡を取り合ってる状態なんです」

「……叔父さん？」

深見は前を見たまま、目を細くして呟いた。彼がその刹那何を思い出したのかは明らかで、祐未は急いで視線を下げた。

「そ、そんなわけなので、うちの家族についてはどうかそっとしておいてください。知らせるなら、私の方でなんとかしますから」

「……知らなかったな、それは」

「誰にも言ってないですし」

少しの間黙っていた深見は、ふっと息を吐くようにしてベンチに深く背を預けた。

「………吉澤のこともそうだが、君は、一人で色々抱える人なんだな」

一瞬瞬きを止めた祐未は、吸い寄せられるように深見を見ていた。

何故かその刹那、ベンチの背もたれに預けられた彼の手が、幻のように祐未の肩を抱き寄せてくれたような気がした。もちろんそれは錯覚だ。——って、何を有り得ないことを想像してるんだろう。私としたことが、疲れで頭がどうかしちゃったんだろうか。

それきり深見は何も言わず、祐未は気恥ずかしさを誤魔化すように、せっせとホットドッグを口に運んだ。日差しが、少しずつ明るくなっていく。心地いい風が二人の間を吹き抜けた時、祐未はようやく昨日から言いたかった言葉を口にしていた。

「……お父さん、早くに亡くなられたんですか」

「——ん？」

深見は訝しげに片眉を上げると、「ああ——母さんか」と呟くように言った。

「開業医だったんだ。忙しい人でね、……まぁ、医師の不養生の典型だな」

「病気、だったんですか」

「みたいだね。僕は小二で、仕事ばかりの父とは殆ど思い出みたいなものがなかったから、さほどのショックはなかったよ。ただ」

そこで言葉を切った深見は、言い過ぎたことを少し悔いるような目になった。その表情を見逃さなかった祐未は、思わず身を乗り出している。

他人の私生活を覗き見するような真似をしながら、自分のことは一切語らない深見が、初めて見せた弱みのような気がしたからだ。

「ただ？」

「あー……、母さんがやたらと厳しくなったのには辟易した。その日から僕は朝から晩まで勉強づけだ。当時の僕の成績では、とても父の出た医学部には入れなかったろうから」

――嘘。じゃあ深見さんって、元々は医者志望……？

驚いた祐未の内心を見透かしたように、深見はむっと眉を寄せる。

「別に言い訳するわけじゃないが、何も僕は受験に失敗したわけじゃない。二回生の時に転部したんだ。やはり、僕には医者は無理だと判ったから」

「えっ、どうしてですか。なんか医者とか、すごく似合ってそうですけど」

「本気で言ってるのか？　前も言ったと思うが――」

そこで何故か言葉を切り、深見はわざとらしく咳払いをした。

「まぁ、人の身体を切り刻む仕事より、元々僕はビジネスの方に興味があったんだ。それに加えて二回生の時だ。君のお父さんが、うちの大学に講演に来られた」

「………」

父が。

「――非常に感銘を受けたよ。大企業の取締役にまでなった人が放つ特別なオーラに、強く惹かれた。僕はその講演会で、しつこいくらい何度も質問したんだ。――いい加減にしろと思ったのか、後で控室に来てくれと言われてね。それが親しくさせてもらうようになったきっかけであり、経営学部に転部を決めた転機にもなった」

心臓が、不思議な鼓動を奏でている。こんな風に、誰かが憧憬をこめて父のことを語るのを見たのは、何年ぶりだろうか。

「深見さんって、元々は父のストーカー……」

「はっ？　言うに事欠いて、失礼なことを言わないでくれないか」

「父に、特別なオーラがあったんですか？」

畳み掛けるように訊く祐未に、深見は驚いたような目を向けた。

「あるさ！　もう正視できないほどだ。その思考も、物事の捉え方も、深見社長は紛れもなく成功者のそれだった。僕がなにより感銘を受けたのは、彼がこう言ったことだ。この世で最も優れた仕事は、新しい雇用を生み出すことだってね。――雇用の機会を作りうる仕事。僕はそれを、自分の天職にしたいと強く思った」

まるで子供のように熱っぽく語る深見を、祐未は驚きながら見つめていた。

「美嶋社長は、あらゆる経済事情に自身のアンテナを張り巡らせ、謙虚に知識を得ようとする、実に立派な人だった。ノブレス・オブリージュ。社会的地位の高い者はそれにふさわしい義務を負ってしかるべきである。美嶋社長は幼い頃から、いずれ自分が預かる何万という社員の人生を担うべく修練を積み重ねて生きてこられたんだ。それは、口で言うほど簡単なことじゃない」

「…………」

――でも、逮捕されちゃったじゃないですか。

喉まで出かかった自棄な皮肉を、祐未はかろうじて呑み込んだ。そして、ふと思っていた。いつから私は、父の優れた面まで、全否定するようになっていたんだろう。

他人に力説されるまでもなく、それは――私が一番判ってあげなければならないことだったのではないだろうか……。

今日、初めて素直な気持で、祐未は深見の横顔を見上げていた。

「じゃあ、深見さんが『三慶』をやめたのは、自分の夢を叶えるためだったんですね」

それまで饒舌だった深見がふと黙る。てっきりこれまでの勢いのままに会話が続くと予想していた祐未は、少し戸惑って瞬きをした。

「……まぁ、そうだな。現実は、そんな甘いものじゃなかったが」

自嘲気味の息を吐くと、深見は視線を空に向けた。

「いいことばかりじゃない。汚いものも沢山見たし、自分が汚い真似もした。——もちろん、何度も痛い目にあったよ……本来、甘ったれた性格をしているからね、僕は」

遠くを見る深見の目が、ふと細くなり、口元が引き締まったので、祐未はそれ以上何も訊けなくなっていた。

彼がこの地位を築くまでに辿った道が、決して平穏ではなかったことが窺い知れるような表情だった。そういえば、営業態度で深見にひどく叱られたこともあった。あの時も、腹は立ったが何も反論できなかったっけ……。

ふと気づくと、その深見がどこか不思議そうな目で祐未を見ている。祐未はドキッとして顔を背けた。どうしてだか、正面から見られると、鼓動が少し速くなる。

「……ひどく、僕のことを聞きたがるね」

「別に、……だって、黙って食べるのも気詰まりですし」

わずかな沈黙の後、深見が小さく息を吐くのが判った。

「だったら君のことを話してくれないか。さっきからずっと考えていたんだが、……つまり君は、実の父親と自由に連絡が取れない、ということなんだろうか」

「いえ。それは叔父さんに頼めば、すぐにでも連絡を取ってくれますし」

「叔父さんね。そっちの方が、僕にしてみればひどく異常なことのように思えるんだが」

言葉を切った深見は再び黙り、祐未も彼の言葉に多少の反発を覚えて黙りこんだ。

そういえば叔父とは、もう随分連絡を取っていない。遊びに来いと言われたきり、返事をするのも忘れていた。今夜あたり、結婚の報告を含めて電話でもしてみようか……。

「君は——寂しくはないのか」

「え？」

いきなりの突拍子もない質問に、祐未は戸惑って瞬きをした。寂しい？　私が？

「……美嶋社長が逮捕された時、誰もが君はもう会社に出て来ないだろうと噂していたし、僕もそうだと思っていた。でも、違った。君は一ヶ月も、黙って会社に通い続けた」

「…………」

「僕はそれを——美嶋社長を切り捨てた会社に対する、無言の抗議だと理解した。君はお父さんが好きなんだ。きっとその気持は今だって変わっていない。そのお父さんと会えなくなって、寂しくはないのかと思って」

なんと答えていいか判らないまま、祐未は眉根を寄せて視線を下げた。

こうして眉間に力を入れておかないと、堪えきれずに涙腺が緩んでしまうような気がして怖かった。というより、どうして深見にそんなことが判るのだろう。今まで自分の気持なんて、誰にも打ち明けたことはなかったのに——どうして。

その深見が、不意に何かを思い出したように立ち上がった。


「待ってください。深見社長が仕事に戻られたのなら、私もそうしたいんですけど」

部屋の鍵を置いて出て行こうとする凶相の男に、祐未は勇気を振り絞って反論した。

「それは、社長から聞いておりませんので」

加島と呼ばれるヤクザみたいな顔をした秘書は、淡々とそれに答える。

「私が命じられたのは、美嶋様を社長のご自宅にお送りすることだけです」

祐未はごくりと唾を飲んだ。秘書の加島——全く、近くで見るととんでもない悪人面だ。今思い返しても悪夢のようだ。こんな恐ろしい男と二人きりで車に乗り、考えようによっては恐ろしく危険な場所に連れて来られて、今も二人きりでいるなんて。

ここ——六本木にある二十五階建てマンションの最上階。広いベランダつきの４ＬＤＫは、信じられないことに深見貴哉の自宅である。床は大理石、家具はイタリア最高級ブランドのオーダーメイド。相当金のかかった部屋であることが一目で判る内装だ。

「深見社長は、本当にすぐ戻ってくるんですか」

「そう聞いております」

本当だろうか？　と祐未は思った。深見が公園から消えてすでに一時間以上が過ぎている。いくらなんでも、あまりに不公平だ。自分は話の途中で「急用ができた」と言って、矢のように消え去り、代わりにこんな恐ろしい男を監視役に寄越すとは……。

しかも連れて来られたのが、何重ものセキュリティーに守られた高層マンションの最上階。いくら鍵を置いて行かれても、これでは軟禁されたも同然ではないか。

そんな祐未に丁寧な一礼をして、加島はゆったりと踵を返す。所在なくリビングに立っていた祐未は、慌ててその後を追った。

「あ、あの」

「はい」

玄関の手前で振り返られて、その威圧感に思わずたじろぐ。それでも、知りたいという気持が抑えきれず、祐未はおそるおそる口を開いた。

「……深見さんの、ボディガードをされてるって聞きましたけど」

加島は答えず、薄い眉をわずかに動かす。

「深見さんって、……何か危険なことでもされてるんですか？」

「昔の話ですよ」

加島はにこりともせずに、けれど少しだけ柔らかな口調で言った。

「ボディガードとして雇われたわけではないですが、そういう役割をしていた時期も確かにあります。『ウエイク』が立ち上がって間もない頃……倒産寸前だった頃ですね」

祐未は眉をひそめていた。ウエイクが倒産寸前だった——？

「当時の流通業界は、少しばかり血の気の多い連中が幅をきかせていましてね。そこに新規参入したばかりの社長は、連中にしてみれば鴨——、世間知らずのボンボンに見えたんでしょう。実際、当時の社長はその通りの人物でしたから」

祐未の脳裏に、五年前の深見の笑顔が蘇る。自信満々の、けれどどこか薄っぺらい笑顔。

「騙されて——、そしていいように利用された。随分と追いつめられていたんだと思いますね。元警官とはいえ前科者の自分を雇い入れようというんですから」

「え、あの、元警官？……前科？」

「もう十年以上も前のことですが、酒に酔って喧嘩相手に重傷を負わせてしまいましてね。深見社長と知り合った当時は前科を隠して雇われ運転手をしたんですが、——それがバレて、当時の勤め先を放り出されてしまった。そこを、拾ってもらったというわけです」

「……………」

「当時社長が抱えていたトラブルは解決して、『ウエイク』の経営も軌道に乗った。用済みになった私は早々に会社を追い出されると思いましたが、そうはならなかった。——まぁ、不慣れながら秘書業務も板について、今でもなんとか続けているといった状況ですね」

言葉を切り、加島は少しだけ口元を緩めた。

「実のところ、私に限らず、うちの会社にはリストラされた者や転職組なんかが多いんです。——さすがに前科者は私だけですが——そもそも社長自身が、元の会社を解雇されたクチだと言っていますし、そういう輩を放っておけない性分なんでしょうね」

それには、祐未は驚いて息を呑んでいた。

——嘘だ。深見貴哉が『三慶』を解雇された？　そんな、馬鹿な。

その時、ポケットの中のスマートフォンが震えた。はっとして取り出すと、ディスプレイには美嶋涼二、とある。

——叔父さん……。

どうしよう。今は電話に出るより深見が『三慶』を辞めた本当の理由を聞いてみたい。迷っている内に、電話が切れて不在メッセージに切り替わる。

「社長のことをお知りになりたければ、直接聞かれるといいと思いますよ」

「えっ、……はい？」

図星を指された祐未は、スマートフォンを落としそうになっていた。

「多少子供っぽいところはありますが、私は社長を尊敬しています。他人の痛みが判る優しい人だ——まぁ、自分の息子のようで、危なっかしくて目が離せない……というのが正直なところなのかもしれないですがね」

殆ど表情を変えないままそう言うと、加島は深く頭を下げてから、部屋を出て行った。


「——叔父さん」

店内を見回した祐未は、すぐに窓際に目当ての人を見つけて片手を上げた。

涼二は軽く微笑んで、同じように片手を上げる。けれどその目がいつになく厳しい色をたたえていたから、祐未は半ば覚悟を決めて席についた。

深見が住む街から二駅離れた駅前のカフェ。随分先に着いていたのか、涼二はノートパソコンを開いている。それを閉じ、どこか厳しい目色のまま、涼二は小さな溜息をついた。

「……結婚するって本当なのか」

その話をどう切り出そうか迷っていた祐未は、咄嗟に返事ができずに口ごもる。

すぐにかけ直した電話で、「今から会えないか」と言われた時から予感はしていた。多分、結婚話が涼二の耳にも入ったのだ。

迷った挙句、深見の部屋に残された鍵を使って扉を施錠し、その鍵を持ってここまで来た。今思えばポストに投げ込んできてもよかったのに、馬鹿だなと思う。

「昨日、『多幸』の田之倉社長にお会いしたんだ。驚いたよ。悪い冗談かと思った。まさか、私にも知らせずに祐未が結婚を決めていたなんて……」

それは――どうしようもない事情があったというか。そもそも結婚自体が、深見貴哉の暴走だったというか。

しかし、その原因のひとつに、例の盗撮写真があると思うと、どうしても口は重くなる。

「嘘なんだろう？」

黙る祐未の内心を見抜いたように、涼二は続けた。

「相手の男が、祐未に無断で話を進めているんじゃないのか？　『ウエイク』が『多幸』の取引先というのも気になった。もしかして、断れない事情でもあったんじゃないのか？」

一瞬、祐未はすがるような目で涼二を見上げていた。

どうしてこの人は、私の何もかもをいつも見透かしたように、一番辛い時に手を差し伸べてくれるんだろう。昔からそうだった。母が死んだ時も、父が再婚した時も――そして逮捕された時も。

迷いや葛藤の何もかもを捨てて、祐未は口を開きかけていた。――実は、私、昔ふった男に脅迫されていて、結婚もその男が無理矢理決めてしまったことで――

（私は社長を尊敬しています。他人の痛みが判る優しい人だ）

何故か加島の言葉が、その刹那蘇る。眉を寄せた祐未が迷うように視線を下げると、涼二は少し苛立ったように、テーブルに置いた手を拳にした。

「どれだけ金持ちか知らないが、相手の男にも不信を覚えざるを得ないよ。美嶋側の親族には、誰一人として知らせないなんて。――兄さんの事件のことがあるから、うちと親戚づきあいをしたくないと思っているのかもしれないが」

「それは」

それは違う、深見さんはそんな人じゃない。確かに最低な男だし、卑怯な真似も色々されたけど――

「……祐未、一人で抱え込むのはもうやめないか」

「…………」

「誰が聞いても、その結婚話はおかしいと思うよ。一体何があったんだ」

テーブルの隅の方に視線を彷徨《さまよ》わせたまま、それでも祐未は、何も言うことができなかった。打ち明けてしまえば、楽になれるのは判っている。いざとなれば、父より行動力がある涼二は、すぐにでも深見と話をつけてくれるだろう。

――判らない。なのに私は、どうして何も言えずに黙りこくっているのだろう……

「……ああ、まいったな」

ふと気づいたように、涼二がテーブルの上からスマートフォンを取り上げた。

「原稿の催促だ。――祐未、続きはうちへ来て話そう。明日は土曜だし、仕事も休みだろう？　少しリラックスした方がいい。今の祐未は、全然いつもの祐未らしくないよ」

「じゃあ深見君、気をつけてな」

「絶対また遊びに来てね。今夜は本当に楽しかったわ」

玄関先まで見送りに出てきた夫妻――美嶋伸朗とその妻依子に、再度深々と頭を下げると、深見は街灯もない田舎の舗装道を歩き出した。

郊外とはいえ、都内にまだこんな寂しい場所が残っていたとは驚きだ。しかもそこにひっそりと建つ一軒家で、息をひそめるようにして暮らしているのは、かつて、いずれは経団連の会長にまでなると言われていた男だとは――

少し離れた闇の中に、テールランプが点滅している停車中の車がある。

運転席から出てきた加島を手で制し、深見は自分で扉を開けて後部座席に乗り込んだ。

「悪いな、こんな遠くまで迎えに来させて」

「構いませんよ。それで、いかがでしたか」

加島の問いに、深見は眉を寄せて息をついた。

「まぁ、概ね彼女の言う通りだ。僕の知る限り依子さんはおおらかな人だったはずだが……祐未さんの名前を出すだけで、ひどく神経質になっているのがよく判った」

静かなエンジン音と共に、車が緩やかに発進する。

「美嶋社長は、そんな依子さんに随分気を遣っているようだったが……、それだけではなく、そもそも美嶋社長が祐未さんと距離を置きたがっているようにも、思えた」

深見は言葉を切って、手にしていた『サイコパス探偵』の文庫本を持ち上げた。

「それは？」

「水城りょう。例の叔父という人物の著作物だ。映画にもなった人気シリーズで、今でも続いているらしい。依子さんに頼んで貸してもらった。――次に会うための口実だな」

あの夫婦が、互いに何かを隠しているようにみえるのは俺の穿ち過ぎだろうか。もちろん美嶋社長ほどの人が、そう簡単に他人に本心を明かしたりはしないだろうが……。

「美嶋親子に共通しているのは、美嶋涼二――祐未さんの叔父だが、その人物に対する一種過剰なまでの信頼だ。あの人物が全く信頼に値しない変態だということは、もちろん俺は知っているが……」

四十近い独身男が、二十代の姪の寝顔にキスするなど、正直、今でも思い出しただけで吐き気と怒りがこみあげる。

「たとえばあの男が、正真正銘のド変態だったとして、だ。例のキス写真が自作自演だったという可能性はないだろうか」

今日の昼間、祐未の口から叔父のことが出てきた時、ふと感じた疑念を深見は初めて口にした。バックミラーに映る加島が、少しだけ眉を寄せる。

「美嶋祐未の部屋に隠しカメラを仕掛けた可能性は考えてもよいかと思います。美嶋涼二であれば、姪の部屋への出入りも自由だったでしょうからね。ただ、……直山賞作家が、公になれば地位や名誉を失いかねない写真を、わざわざ社長に送りつけるものでしょうか」

加島は慎重に言葉を継いだ。

「それに、美嶋涼二には『ウエイク』の営業妨害を企てる動機がない。盗撮データが、美嶋涼二の下から第三者に漏れた。もしくはハッキングされたとみるべきだと思いますね」

まだ正式な調査結果はでていないが、深見が使用していた社用パソコンは、コンピューターウイルスに感染し、同じく感染した司令サーバーを通じて遠隔操作をされていた可能性が高いという。厳重なセキュリティーに守られた社内ＬＡＮに侵入するくらいのことをやる人物なら、確かに個人のパソコンからデータを抜くことくらい朝飯前だろう。

「行平の線はどうなった」

「特段の動きはないですね。ただ同僚の話だと、行平は『トゥディラン』と『ウエイク』の合併に強い危機感を募らせていたそうです。自分がリストラ対象になるのではないかと」

それが動機か――。だったら合併が正式決定した四月から嫌がらせが始まったのも頷ける。となるとターゲットは深見一人で、祐未は単に巻き込まれただけとも言える。

「……加島、それでも美嶋涼二のことを調べてみてくれないか」

指を唇にあてながら深見は言った。

理屈では違うと判っていても、漠然と美嶋涼二のことが気にかかる。部屋に隠しカメラを仕掛けたのが涼二なら、せめてその証拠だけでも彼女に示してやれないものか。――

「承知しましたが、そろそろ、この件について直接お話しになられてはどうですか」

「ん？」

「美嶋祐未さんと……。思い立ったら即行動されるのは、ビジネスにおいては美徳でしょうが、今日の社長の行動は、相手が誰であっても、怒りを買ったろうと思いますよ」

「いや……」

深見は眉を寄せたまま、膝の上で指を組んだ。

「まだ証拠がなにもないのに、迂闊な推論は口にできない。それに盗撮のことがある。もしそれが俺だったら、この先誰も信じられなくなる」

あの部屋で全てを盗み見られていた。正直、死ぬまで知らないでいて欲しいくらいだ。

「……いつからかな」

窓を流れる夜を見つめたまま、深見はぽつりと呟いていた。

——いつから彼女は一人だったのだろうか。

(祐未にはもう、私の存在は邪魔なだけだよ)

(今更祐未が誰と結婚しようと、私にどうこういう資格はない。かつて配偶者に、と望んだ君ならなおさらだ。——ただ披露宴には参列できない。祐未もそれを望まないだろう)

かつてのスーパーお嬢様が、全てを失ってどうするかと思ったら、不死鳥のように鮮やかな復活を遂げていた。小さな企業だが、その営業成績は大したもので、実際いくつかの中堅企業が、ヘッドハンティングに動いていたことも風の噂で知っている。

生まれながらに特別な人はやはり違うと、深見は思った。当時、意地で興した会社は倒産寸前で、負債は億単位——そんな深見にしてみれば、成功者のオーラを父親から受け継いだような祐未は、いつだって手の届かない存在だったのだ。

彼女の成功の裏には、きっと父親からの援助か、何かしらの人脈があったのだとばかり思っていた。けれど、そうではなかった……。

——馬鹿だな、俺は……。

五年ぶりに再会した時から判っていたはずなのに。彼女は昔の、俺が好きになったあの頃のままの彼女だったのに――

「……浅慮だった」

スマートフォンのアプリで『ウエイク』株が最安値を記録したことを確認してから、深見は自嘲気味に呟いた。

「ビジネスと私情をごっちゃにして、買収だの見合いだの、馬鹿な真似をした。ある意味これは天罰だ。――少し調子に乗っていたのかもしれない」

「私はそうは思いません」

それまで無言で運転していた加島が、静かな声で遮った。

「うちがオフィス用品分野に進出するのはかねてからの既定路線であり、『トゥディラン』を買収した時点で、営業エリアが被る『多幸』は、ジリ貧になるしかなかった。社長がもし私情に走られたのだとしたら、美嶋祐未のために、その『多幸』との合併を性急に決められたということだけです」

「…………」

「結果として『多幸』にも『トゥディラン』にも不利益はない。ビジネスとして悪い話ではなかったと思います。ただそれを快く思わない人物がいた。それだけでしょう」

ただ……と、加島は、少し躊躇った後につけくわえた。

「ひとつだけ差し出がましいことを申し上げれば、社長は結婚について、少々軽く考えておられるような気がしますね」

「……そうかもしれない」

正直言えば、披露宴の招待状が取引先各社に配送された時、深見の頭にあったのは、式をキャンセルすることによる会社のイメージダウンと、こんな真似をした相手への憤りだけだった。

彼女の立場や気持は後回しで、それは、──いくら罵倒されても仕方がない。

「でも、今日改めて思ったんだ。……俺は……、あの人を、幸せにしたい」

あんな脅迫じみたやり方で、二人の関係を始めるべきではなかった。もしやり直せるなら、再会の始めからやり直したい。

「美嶋さんは、もう自宅に戻ったのか？」

「いえ、まだのようですが、一時過ぎに社長の部屋を出られたことだけは確認していますす」

「そうか……」

もう時は戻せないかもしれない。でも、もし──もし本当にやり直せるなら……

(はじめまして、深見です。美嶋社長に頼まれて、祐未さんを迎えに来たのですが)

やたら笑顔がキラキラした男。それが深見貴哉の第一印象だった。

むろん名前と顔だけは知っていた。今年の新入社員で、彼は一番の注目株だったからだ。

年下の男に、いきなり名前を呼ばれて、最初はかなり驚いた。よく判らないが、男性の誰もが近寄りがたいと称する祐未に対し、深見だけは物怖じすることなく接近して来たのだ。まるで、昔からの知り合いみたいに。

(今度、二人で食事に行きませんか。すごくいい店を見つけたんです)

(テニスは苦手？　だったら僕が教えますよ。こう見えて教えるのは得意ですから)

祐未からみれば欠点だらけの男が、やたらと自信満々なのが鼻について、随分冷たくあしらったものだ。でも、彼と一緒にいるのは、昔から言うほど嫌じゃなかった——頼りない年下のくせに、不思議とどこか安心できるところがあって……

ふと、その深見の香りに包まれた気がして、祐未は夢うつつに薄目を開けた。

髪をそっと指で梳かれ、眼鏡を外される感覚がする。それが妙にリアルで生々しい。しかも彼がつけているフレグランスの香りまで……

「……えっ」

一度開けた目を、祐未は反射的に閉じていた。心臓が、早鐘みたいに鳴り始める。これはどういうことだろう。今目の前にあった顔は何かの幻？　それどころか、この体勢は……もしかしなくても、彼の膝に横抱きにされているような……。

祐未はおずおずと目を開けた。

「なに……してるんですか」

「君が、あまりによく寝ていたので」

どこか眩しそうに瞬きをしてから、深見は続けた。

「ベッドに運ぼうと思ったんだが、重たくて断念した。そういう状況だ」

「な、なんですかそれ」

祐未は耳まで熱くなった。

寝ていたのは間違いない。リビングに置いてあったカッシーナのソファは、色も品質も、昔美嶋家にあったそれと似ていて、ものの五分で心地よい眠りにいざなってくれた。

けれど今、そのソファに座っているのは深見で、祐未はその膝の上に乗せられている。

「どうして、僕の部屋にいる？」

「はっ？　どうしてって」

あなたの秘書に強引に連れて来られたからですけど——が、一度は外に出たものの、再び部屋に戻って来たのは祐未自身の意思である。

「きょ、今日は一日深見さんと一緒にいるって約束したから——でももう帰ります。眼鏡返してもらっても」

いきなり深見に抱きすくめられ、祐未は言葉を失っていた。

耳の後ろから、囁くような声がした。

「……驚いた。まさか、部屋に君がいるとは思わなかったから」

動揺しながらも、さすがにそのセリフにはむっとした。結局仕事を休んで待っていたのに、こんな時間まで帰って来なかった挙句、君がいるとは思わなかった？

それでも、母親に甘える子供みたいな深見が、なんだか年相応に可愛くて、怒りは腹の底に吸い込まれるように勢いを弱めていった。

「いいですよ、もう……。でもこんなのは、二度と嫌ですから」

「ん……」

その甘えた声に、またドキッとする。祐未は咳払いをして冷静さを取り戻そうとした。

「あの……深見さん、実は、ちょっと聞いてみたいことがあって」

その時、祐未の肩口に埋もれていた深見の顔が向きを変え、首に唇があてられた。

「ちょっ……、深見さんっ」

「なに?」

もう一度、彼の唇が首に触れて、ズクンッと胸の深い部分が微かに疼く。祐未は、小さな声をあげて、逃げようと顔を背けた。

「僕に、聞いてみたいこととは?」

「『三慶』を辞めたのは……、だから……っ、や、やめて」

ピクン、ピクンと震える祐未の首に、湿ったキスを繰り返しながら、深見の左手がそっと腿を撫で始める。その手が腰を辿って柔らかな胸の丸みに辿り着く。

「ン……、や、だ」

ブラウスの上から、膨らみを押し揉みながら、深見は祐未の首から顎、そして耳に音をたててキスをする。

下唇を柔らかく噛まれて啄まれ、開いた唇の隙間からそっと舌が差し入れられる。その頃には祐未の呼吸は浅く乱れ、「……ン、ン」と細い声が唇から漏れていた。

静かな部屋に、クチュ、チュク……と舌と舌が唾液と共に絡まる音が響いている。胸のボタンがひとつだけ外されて、深見の指がもどかしげにその内側に滑りこむ。

これは一体、どんな魔法なのだろう。彼にキスされたり、身体を触られたりする度に――いや、それ以前に彼の熱くなった体温や呼吸を感じる度に、それまで二人を遮っていた壁や立場や思惑が、みるみる溶けて別の何かに変容する。そして何も考えられなくなるのだ。自分の身体を満たしてくれる歓びを追いかけること以外の、何も……

「……あ、ン……ぁ」

どこか焦らすように唇と舌を柔らかく啄みながら、深見の指が祐未の固くなった胸の先を触れるか触れないかの微妙なタッチで擦っている。

胸から腰に落ちていくような甘い痺れに、祐未は深見の膝の上で、ピクピクと腰を浮かせる。どうしてだか、とても、じっとしていられない。

「君は……本当にいやらしい反応をするんだな」

堪えかねたような息を吐いた深見が、ブラウスの隙間から手を抜いて、その手を祐未の腿の付け根に持って行く。片方の腕で横抱きにした祐未を支えているため、彼は片手しか自由にならない。その手でもどかしげにパンツのジッパーを下げると、わずかな隙間に、彼は指を差し入れてきた。

「や……、っ、ふ、深見さん、やだ」

「もう、ぬるぬるになってるよ」

中指で、ショーツを脇に押しやると、すぐにぬかるみの中に指がクプリと沈み込む。

「あ……、ア、……ン」

「まるで僕のことが好きだと……誤解して、しまいそうになる」

浅い場所をぬるぬるとかき回され、祐未は拳を唇にあてて、溢れそうな声を堪えた。背中に回された深見の手がそのまま伸びて、背後から胸を包み、ブラウスの隙間をたぐり寄せるようにして、その狭間から薄桃色の尖りだけをいやらしく露出させる。

「や、っ、やだ……」

一瞬声をあげた抵抗も虚しく、突き出した乳首を先ほどと同じように指腹で擦られ、同時に中指だけで敏感な秘肉をヌプヌプと捏ね回される。

「——あ……、ア……ッあ」

一瞬深く押し寄せては消えるもどかしい気持よさに、祐未は曲げた指の関節を噛みながら甘い声をあげた。腰が浮き、それを深見に引き戻される度に、お尻の辺りに怖いほど張り詰めた熱塊が当たるのが判る。

「ふ……、深見さん、ンッ、……や、あ」

「ん……、祐未さん、可愛いよ」

じわじわと快楽に浸され、戻る術を失っていく身体が怖い。敏感になった胸も、濡れて恥ずかしげにひくつく場所も、もう、触れられているのが指一本だと思うとたまらない。

もっと触れて欲しい、指だけじゃなくて……、もっと、乱暴に触って欲しい……

けれど深見は、不意に愛撫の手を止めると、荒い息を吐きながら首に唇を押し当てるようにして囁いた。

「……君を、抱きたい」

「…………」

「だめだろうか」

悩ましい情念をもてあましていた最中、熱に浮かされたような頭で、どう返していいか判らなかった。ただ、いまさら？　と思った。今まで、あれだけのことをしておいて……。

「どうして、……訊くんですか？」

「ん？」

「だ、だって、もう」

——そういうことなら、もう二回もしちゃってるじゃないですか。

最悪だった最初の一回。焦れるほど優しかった浴室での二回目。あれは、——どう考えたって、「抱いた」の部類に入るのではないだろうか。

それをいまさら、免罪符を得るみたいに許可を求められても。

それきり、気まずくうつむく祐未をしばらく見つめていた深見は、ふとその腕に力をこめると、祐未の身体を横抱きにしたまま、さほどの苦もなく立ち上がった。

「きゃっ」

驚いた祐末は慌てて深見の首に腕を巻きつけて――それから、すぐに恥ずかしくなった。

――ぜ、絶対に許可なんて出してないから。これは、無理矢理なんだから。

言い訳のようにそう思いながら、ふとあることに気づいて唇を尖らせる。

「……深見さんのうそつき」

「うそつき?」

「だって……さっき、重いっていったじゃないですか」

足を止めた深見が祐末を見る。彼は不思議そうに瞬きをした後、不意に息を吐くようにして笑った。

「そう、嘘だ。――本当は、君の顔を見ていたかっただけだよ」

「ン……深見さん……」

ブラウスを手首から抜き取られながら、熱っぽいキスで唇を甘く塞がれる。そのまま下着のホックが外され、深見の片手が柔らかな膨らみを包み込んだ。

「……あ……」

そのまま、深見は祐末のおとがいに腕を差し込むようにして、仰向けにベッドに横たえる。持ち上げられた胸の先端に唇をあてられ、祐末はぴくっと身体を震わせた。

――なんだろう、いつもより……熱い。

「あン、……ん」

さっき、焦らすように触られたせいだろうか。さ さいな刺激で、身体が疼いて仕方がない。もどかしく腿を擦り合わせながら、祐未は思わず深見の髪に指を差し入れている。

「やぁ、……ンッ」

「……今夜は、ひどく乱れるね」

囁いた深見が、祐未のベルトに手をかけ、殆どそれと感じさせない器用さで取り払う。そのまま半身を起こした深見は、ネクタイを外し、シャツを脱いだ。滑らかに隆起する綺麗な腹筋が見えた時、祐未は激しく心臓が高鳴るのを感じた。

――ふ、深見さんの裸……見るの……初めてかも。

ショーツだけになった祐未の右半身に覆い被さるようにして、彼がそっと唇を重ねてくる。甘くて優しいキスに、次第に思考も羞恥も溶け落ちて、祐未は彼の逞しい肩に自分の手を添えていた。

素肌の感触にゾクッとする。彼の香りや髪の匂いが、いつもより濃密に感じられる。知らなかった。人の肌って――こんなに気持がよくていい匂いがするものなんだ。

――あ……そう、いえば……

深見さんに聞きたいことが、あったんだった。だから、私……

なのに頭の芯がとろけたようになって、思考が上手くまとまらない。

深見が身をかがめ、唇で祐未の乳首を包み込んで、軽く吸う。そうしながら、ショーツのクロッチ部分から手全体を中に差し入れてくる。

「ンッ、や……っ」

小さなショーツはたちまち淫らに柔肉に食い込み、祐未のぬるぬるした場所だけを露わにする。彼は中指をゆったりと蜜壺の入り口にあてると、そのまま手のひら全体を小刻みに動かし始めた。

「ン……、や、やぁっ」

祐未は頭が白く濁るのを感じながら、腿を閉じて腰を浮かせた。

彼の手のひらと指が同時に刺激する場所から、ビリビリとした疼きが腰から胸に這い上がってくる。それはたちまち理性を奪い、呼吸を熱く、淫らにする。

手と指を小刻みに動かしながら、深見の舌は祐未の胸の先端を包み込み、クチュクチュと舐め、唾液で濡れた唇で扱いている。

――あ……き、もち……いい……。

甘く喘ぎながら、祐未は折り曲げた指を唇にあてた。腿の付け根に力がこもる。あと少しで弾けそうに高まった快感が、ピクピクと腰を震わせる。

が、深見はそんな祐未の反応を見越したように、手と舌を同時に引く。

そして、そのまま自身の身体を反転させるようにして、祐未の腹部に唇をあてた。えっと思った時には、祐未の視界には深見の滑らかな背中が見えている。彼は、祐未の両腿を上から押さえつけるようにして広げると、その間に頭を沈めた。

「あッ……、やぁ、やだ……！」

目の前の深見の背を、祐未は慄きながら懸命に叩いた。彼の身体が割り込んでくる分だけ、否応無しに脚は開き、そこを至近距離で凝視されている。

「やッ……、ふ、深見さん、いやらしいこと、しないで」

「駄目だよ、……判らないかな、君が俺をそうさせるんだ」

ショーツが脚から抜かれ、彼の熱い吐息が直に触れた。ぬるついた舌が、疼いてひくつく場所にゆっくりと沈んでいく。

「ん――ンッ、やぁ、あ……ア……」

弾力を帯びた舌が、ヌプッヌプと浅い場所を抜き差しする。あまりの淫らさに声も出ず、祐未は浅い息をしながら、ただ空を見つめていた。

けれど次第に身体は波のようにうねり、息もままならなくなってくる。

「い、いや……深見さん、もう、それは、いや……」

こんな状態で、我を忘れるようなことだけにはなりたくなかった。なのに急速に高められた魔のような快楽が、次の瞬間、いやらしく祐未の身体を貫いた。

「あっ、……い、いっちゃ……、っ、ン、アン、や、ん――っ」

瞬間的に拡散された快感は、けれど同時に、重い反動となって気だるく腰に充満する。

ぐったりとベッドに沈み込む祐未から身を起こすと、深見は濡れた唇を舌で舐めとり、荒く呼吸をしながら自身のベルトに手をかけた。

――あ……

思わず目を閉じた祐未の腿に、硬くて熱いものが押し当てられる。もう、痛みがないことは判っている。それでも緊張で、胸の奥がぞくりと震えた。

「……悪いけど、今夜は、あまり、余裕がない」

深見の掠れた囁きと共に、ぬるぬると蜜をまとった熱塊が、祐未の秘裂を割り、少しずつ奥に沈み込んでいく。痛みがない代わりに、痺れるような圧迫感が祐未の下半身を満たし、それは、一筋の淫靡な電流のように一気に奥まで貫いた。

「あッ、……ん」

――や、な、なに、これ。

深見の髪が揺れ、荒い息が顔にかかる。彼が腰を打ち付け、祐未も同じ律動で揺さぶられる。祐未の顔の横で二人の指が絡まって、深見の汗が祐未のまなじり辺りに滴り落ちた。

「あ……、あ、っあ、や」

「ん……、っ、ゆ、祐未さん」

身体が熱い。熱くて、頭がおかしくなりそうだ。

腰を打ち付けながら、深見が我を忘れたように唇を重ねてくる。その荒々しさも、噛むようなキスも、何故だか胸をいっそう熱くする。

より深い部分で、何か、仄《ほの》かな、けれどそれが膨らんで弾けたら、一緒に心まで壊れてしまいそうなほどに強い何かが、淡く生まれては、儚く消える。

それを追い求めるように、祐未は深見の腕を摑み、貪るようなキスに懸命に応えた。

「っ、……ぅん……ッ」

深見が一際大きな息を吐いてベッドについた腕を伸ばし、痙攣でもするように全身を震わせる。直後、崩れるように祐未の上に彼の重みが落ちてくる。

祐未はただ、荒い息を吐きながら深見の汗ばんだ背に手を回した。彼の熱は、まだ自分の内奥で、熱く震えて脈打っている。

――深見さん……

彼に触れているだけで、胸の奥がきゅっと締め付けられて切なくなる。

どうしてだろう。前と同じことをしただけなのに、今、こんなにも深い幸福を感じている。今日のそれは、本質的なところで前とは明らかに違うのだ。ずっと本性を隠していた深見が、初めて素の自分を見せてくれたような気がする。――

そっと身を起こした深見が、祐未の髪を愛おしげにかきわけると、唇を重ねてくる。

祐未は目を閉じてそれに応え、キスは次第に深くなった。

「ん……、ン」

甘く喘いで深見の首にすがりながら、祐未は、彼の手が再び自分を翻弄していくのに身を任せた。

「ん……祐未さん」

名前を呼ばれる度に、自分の中の何かが甘く溶け落ちていく。

――も……、だめ……

身体をしならせ、再び深見を受け入れながら、夢でも見ているような気持で理解した。
——私……この人のことが、好きなのかも……。
もう、何をされても許せてしまうくらい、好きなのかも……。

# 4 好きになればなるほどに

カン、カン、カンと音をたてて、リップスティックが暗い廊下を転がっていく。

(私、コスメはディオールって決めてるの)

何かの席でそう言ったら、以来、うんざりするほど同社のコスメ製品をプレゼントされるようになった。誕生日はもとより、クリスマス、出逢った記念——様々な機会を通じて。

ありあまる同タイプの商品を、さすがに使い切れるはずもなく、会社のデスクにストックしておいては、知り合いや同僚たちに配っていた。——その、最後の一本。

手を伸ばしても、どうしても届かない。あれはあの頃の私なのだ。拾わないと、本当に何もかも失ってしまう。

大きな手が、暗い廊下の隅で止まった銀色のケースを拾い上げる。

暗い眼差し、雨に濡れた髪、一瞬触れた指の冷たさにドキリとする。

どうしてそんな暗い目をしているの？　どうしていつもみたいに笑ってくれないの？

私、……私、ずっとあなたのことが……。

「あ、深見君、そんなところにいたんだ」


「…………っ」

祐未は驚いて瞬きをした。心臓が、嫌な動悸をたてている。

夢――なんだって、今になってあんな夢……

しかも変な創作がまじってるし。私、あの頃は、別に深見さんのことなんて。

「ん……」

耳元で聞こえた声に、祐未はぎょっとして振り返った。隣――至近距離で寝息をたてる人の顔――嘘でしょ？　いや、嘘ではない。夕べ、正確には朝方まで、祐未は隣にいる人に何度も抱かれてしまったのだ。

――ちょっ、ちょっ、ちょっ、これ、冗談じゃないんですけど。

自分が一糸まとわぬ姿であることに、改めて祐未は気がついた。それだけではない、肩に回された深見の腕、首――滑らかな鎖骨、当然彼も何も身につけていない。

深見は髪を乱して、子供みたいに眠っていた。

こうして間近で見ると、いかに深見が綺麗な顔をしているのかが判る。長い睫毛、造り物みたいに精巧な鼻筋――けれど薄く開いた唇に目を止めた時、かぁっと胸の奥に熱が生まれ、祐未は慌てて顔を背けていた。

何か夕べは色々——信じられないことをしてしまったような——すっごくいやらしいことをしてしまったような……。

おそるおそる深見の腕から肩を抜くと、祐未は床に片足を下ろした。

「どこに行くつもりだ？」

あっと思った時には、背後から腕を掴まれ、彼の胸元に引き戻されている。

「ちょっ、お、起きてたんですか」

「少し前に」

背中から抱きしめられて、肩口に深見の唇があてられる。

「君の熱い視線を感じたので、起きるに起きられなかった」

「っ、馬鹿なこと言わないでっ」

確かに見ていたが、それはただ目の前にあるものを能動的に見たにすぎず——頭の中であれこれ言い訳している内に、深見の手が胸の膨らみに被さってくる。

「ふ、深見さん？」

首に熱っぽく唇を押し当てられ、祐未はぴくっと腰の辺りを震わせた。温かな体温が交じり合う掛布の中で、彼の肌が祐未の肌の上をさらさらと滑っていく。

「君の身体は、……柔らかくて、いい匂いがするな」

「まって、あ、の……」

両胸を柔らかく押し揉まれるだけで、早くも呼吸が乱れ始め、祐未は懸命に顔を背けながら、深見の腕から逃れようとした。

脚の付け根辺りに乾いた体液の感触が残っている。時間にすれば、たった三時間か四時間前に、二人はセックスしたばかりなのだ。

「お願いだから、……待って。き、昨日のまま……だし、シャワー」

「浴びてもいいよ。でもその前に、これを収めてもらわないと」

深見が腰を押し付けてくる。熱く怒張した感触が腿に沈み、体温が一気に上昇する。

「っや……だ」

もがく手足を、むしろ楽しそうに絡めとると、深見は祐未の脚の間に自分の熱を割り込ませてきた。

「っ、ふ、かみさん」

まさかと思った祐未は、彼の凶暴な鉾が自分の柔らかい場所に入り込もうとしているのを知って、驚愕した。

「い、いやっ、いきなりはやめて」

乾いた肉が摩擦しあう痛みが一瞬だけ走る。けれど痛覚はそれだけで、身を強張らせた祐未の中に、恐ろしいほど熱《いき》り立ったものが、ぬるりと埋め込まれていった。

「ン、あっ、……あ」

「……全部、のみ込んじゃったね」

耳元で意地悪く囁くと、深見はゆっくりと腰を動かし始めた。

まるで脳内をじわじわと溶かされていくように、自分の吐く息が淫靡《いんび》な熱を帯びていく。

「まだ昨日のぬるぬるが、祐未さんの中に残ってたのかな。……すごく熱くて……いい具合にとろけてる」

「ん、い、いやらしいこと、言わないで」

祐未は弱々しく首を横に振った。けれど潤んだ水音は、ますます淫らに、大きくなる。

「最初、君の可愛らしい場所は、僕を拒んで必死に締め出そうとしていたのに……」

掠れた声で囁くと、深見は祐未の腰を両手で抱き支え、そのまま身体を反転させた。思わぬ体位に、祐未は驚いて声も出ない。仰向けになった深見を下にして、背を向けた祐未が上に乗せられた形だ。

一瞬ずるりと抜けかけたものが、再び内奥に埋め込まれていく。

「……あ」

祐未は細い声をあげた。彼の熱塊が強く擦りあげた場所に、つくんっと針で刺されたような、強い快感の芽が生まれたのだ。

「今は、僕の形を覚えこんだみたいに、吸い付いて、柔らかく締め付けてくる」

言葉を切り、長い息を吐いた深見は、祐未の腰を抱くと、自らの脚を使って祐未の脚を開かせた。そのまま、ゆっくりと腰を動かして、祐未のぬかるみを穿ち始める。

不安定な体勢だけに、動きもどこかもどかしい。どこまでいっても終わらないような温さがある。

「ふ、……ン、あん」

緩く揺さぶられながら、祐未は片手で自分の口を押さえていた。ヌチュッヌチュッと、淫らな音をたてて彼の欲棒が突き上げてくる度に、つくん、つくん、と甘い刺激が掠めては消え、否応無しに祐未の官能を高めていく。

「ここも、こんなにコリコリになってるよ」

両方の乳首を指で摘まれて、柔らかく捻られる。

「あっ、あ……」

祐未は腰を浮かせていた。薄桃色の尖りを弄る深見の息が、少しずつ荒くなる。

「祐未さん、……すごく、いやらしいことされてるの、判るかな」

「や……」

その囁きだけで、頭の芯がアルコールに浸されたように熱くなる。

「今度、天井に鏡をつけようか。君の淫らな顔も、身体も……全部、見たい」

熱く張り詰めたものを埋め込まれた場所に、深見が片方の手を伸ばしてきた。ぬるついて開いた肉の間を指腹でくちゅくちゅと弄られる。

「だめっ、あん、や、やん、あぁッ……」

まるで熟した果実があっけなく崩れるように、祐未は背中を浮かせ、反り返った足の指を震わせた。

「……感じやすいね。あっけないくらいだ。……君は、身体は、すごく素直なんだな」

しどけなく崩れた祐未を抱きしめて、深見は愛おしげに囁いた。まだ二人の身体は繋がったままで、硬く張り詰めた深見のものが、なお大きさを増して脈打っている。

「お風呂に行こうか。次は僕をよくしてくれるんだろう?」

――死ぬ……このままここにいたら、深見貴哉に殺される。

二度目のシャワーを浴びた祐未は、ようやくブラウスとパンツを身につけると、力なくベッドに倒れこんだ。

その深見は、キッチンでコーヒーでも淹れているのか、芳しい香りと共に、微かな鼻歌が聞こえてくる。

「祐未さん、コーヒーはブラックでよかったかな」

祐未はむっとしながら、声の方に目を向けた。

――もう、なんなの、あいつ。絶倫なの? 昨日から一体何回したと思ってるの? あんなに涼しそうな顔して、実は節操のない肉食なんて反則じゃない!

浴室では、立ったまま背後から何度も――浴槽の中でも膝の上に跨がされて――それから、もう意識が朦朧としているところをベッドに運ばれて……

祐未は頬が熱くなるのを感じて、両手で顔を隠すようにしてうつ伏せになった。

なんだろ、あれ。なんなんだろ。なんかもう、目茶目茶愛されてる、みたいな……。

(祐未さん……全部、もう僕のものだ)

全身、くまなくキスしてくれた。指先から足の裏まで。それだけじゃなく、とんでもないところまで。それから、舌でとろとろに溶かされて……

（もう、この部屋からどこにも行くな。ずっと、僕と一緒にいると約束してくれ）

何度もそう念を押されながら、激しく責めたてられたので、翻弄されて理性も何もなかった祐未は、言われるがままにこくこくと頷いた。もちろん、そんな馬鹿な約束なんてできるはずがないし、深見もその場のノリで言っただけだろうけど。

——でもそういうこと、普通、言う……？

あんな必死な顔で、あんなセリフを言われたら、どんな疑い深い人間だってこう思うんじゃないだろうか。——もしかして、私のこと……本当に……好き……

「祐未さん、朝食にしようか」

その深見が、トレーを持って入ってきた。

能天気な笑顔にむっとする。けれど夕べから何も食べていない胃袋が、素直に空腹のサインを知らせてくる。少し頬を熱くしながら祐未は急いで立ち上がった。

「いいよ、そこで」

「え、でも」

「いいんだ。昨日からずっと無理をさせてしまったからね。君は何もせずに、お姫様みたいに僕になんでも命じてくれ」

は——はい？

なんだその薄気味悪いセリフは。気のせいだろうか。今、すっかり影をひそめていた昔の深見貴哉が降臨したような既視感が――

深見は可動式のテーブルをベッドの傍に引き寄せると、そこに朝食のトレーを置いた。小さめのクロワッサンとサラダ。とろとろのスクランブルエッグにベーコン。オレンジとグレープフルーツをカットしたものまで添えてある。少し驚きながら、祐未は訊いた。

「……これ全部、深見さんが作ったんですか？」

「パンとサラダは、デリバリーだ。このマンションには一階にデリカテッセンが入っていて、オーダーすれば部屋まで届けてくれるようになっているんだ」

祐未の隣に腰掛けた深見は、フォークでスクランブルエッグをすくいあげた。

「はい」

「……はい？」

「いや、だから口を開けて」

三拍の空白の後、祐未は深見の手からフォークをひったくっていた。

「……？　別に遠慮しなくても」

「え、遠慮とかそれ以前の問題です。ご飯くらい自分で食べられますから！」

なんだろう、ここにきていきなり、苦手だった頃の深見貴哉が戻ってきたぞ。へんにフェミニストぶって、無駄にべたべた甘やかしてくるあたり、もう昔のまんまじゃない。

その深見は、脚を組んだまま、祐未が食事を口に運ぶのをじっと見つめている。

「……、な、なんですか」

「いや、相変わらず綺麗な食べ方をする人だな、と思って」

ぶっと祐未は、一口飲んだコーヒーを噴き出すところだった。本当、マジで勘弁して。

ようやく判った。この人のこういう、ちょっと変態っぽいところは昔とひとつも変わっていないのだ。基本スペックはストーカー……それは深見の禁止ワードみたいだから、もう口にはしないけど。

「ていうか、深見さんは何も食べないんですか」

「僕は、朝はコーヒーだけなんだ」

楽しそうに微笑した深見は、その上機嫌さのままで、傍らから雑誌のようなものを取りあげた。それを何気なく見た祐未は、ぎょっと眉を上げている。

「ちょっ、なんなんですか、それ」

「ウェディングドレスのカタログだ。あれから、色々取り寄せてもらったんだ。見るかい？」

見ない。祐未は強張った顔で首を横に振る。

「てか、もうドレスなら決めましたよね」

「あんな地味なドレス、祐未さんには似合わないよ。もっとゴージャスで華やかなデザインがふさわしい。これなんかどうだろうか、こっちも捨てがたいんだが」

「……後で、まとめて見ますから」

深見があまりに楽しそうなので、無下に断るのはやめて、祐未は小さく溜息をついた。

――この人って、結局は昔の私の面影を追い求めてるだけなんじゃないだろうか。今の私には、ゴージャスも華やかもないっていうのに……。

それでも、不思議な居心地のよさを感じて、祐未は横目でちらっと深見を見上げていた。

――まぁ、こういうのもたまには悪くないかな。

いつも一人でする食事だけど、隣に誰かがいるのも悪くない。

そういえば昔もふと思った。もし深見さんみたいな――面倒くさいし煩わしいけど、気持の優しい人と結婚したら、案外幸せなんじゃないかなって……。

その深見が、ふと気づいたように祐未の方に視線を向ける。祐未は大慌てで目を逸らしたが、見つめていたことが完全にばれていた空気である。

「……美味しい？」

「え？　あ、はい」

「僕も味見してもいいかな」

なにこの人。もしかして味見もしないで料理してたわけ？

訝しみながらフォークを置くと、ふっと影に覆われる。かがみこんだ深見の唇が、少し驚いた祐未の唇にそっと触れた。唇は一度離れ、差し出された舌が祐未の唇の端を舐める。

それだけで胸の奥にきゅうっと締め付けられるような熱が生まれて、祐未は動けなくなっている。もう一度唇が重なり、柔らかく啄まれる。かがみこんだ深見の手が、ベッドの上に置かれた祐未の手に優しく被せられた。

「ん……」

唇が重なり、舌がクチュ……と、祐未の中に入ってくる。片方の手が背中に回され、キスが次第に深くなる。自分の吐く息が熱を帯びてくるのが判る。祐未はいつの間にか深見の背中に手を添えて、彼が与えてくれる甘い感覚を懸命に追い求めていた。

「ン……、あ」

柔らかくベッドに倒されて、チュッ、チュッと浅いキスが繰り返される。下唇を軽く噛まれ、祐未は甘い声を細く漏らし、深見の身体にしがみついた。

──私、どうしちゃったんだろう。たったこれくらいで……。

散々エッチなことをされ過ぎて、頭がおかしくなっちゃったんだろうか。

いや、そうではなくて、きっと深見が上手《うま》過ぎるのだ。こんな風にこの人は、今まで何人もの女性を虜にしてきたに違いない。甘い言葉と優しいキス。手慣れたテクニックで……

(あ、深見君、こんなところにいたんだ)

はっと祐未は顔を背けていた。深見が少し驚いたように顎を引く。

「……っ」

「や……、やですよ、もう。朝から何回シャワー浴びたと思ってるんですか」

目を逸らしたまま深見の腕を押しのけると、祐未は髪を整えながら座り直した。今朝目覚めた直後のように心臓がドキドキしている。

どうしてあのタイミングで、紗英のことを思い出したんだろう。今朝の夢もそうだけど、まるで、深見を信じてはいけないと、裡《うち》なる自分から警告されているみたいだ。

「祐未さん、今日はこれから、ウェディングドレスを見に行かないか」

深見の声の優しさに、祐未は少し躊躇いながら顔をあげた。

「表参道に、いい店を見つけたんだ。今だったらぎりぎり来週に間に合うかもしれない」

再び楽しそうな笑顔になると、深見はパンフレットを持って立ち上がった。

「返事は顔に書いてあるが、気にしないことにしよう。少しやっておきたい仕事があるから、リビングにいるよ。祐未さんはゆっくり食事をしてくれ」

その優しさも笑顔も、彼のテクニックのひとつだろうか？

これ以上深見の傍にいることが、今までとは別の意味で危険なことのように思えてきて、祐未は何も答えられずに冷めたコーヒーを口に含んだ。


「いい加減、眼鏡を返してもらえませんか」

「どうして？　視力は相変わらずいいんだろう？」

図星を指された祐未は、少し唇を尖らせながら洗い終えた皿を深見に渡した。

「いずれ返すよ。でも僕と二人でいる時はそのままでいてくれないか」

言いながら、深見は皿を布巾で拭って棚に収める。まくりあげた袖からのぞく腕に、少しだけドキリとする。Vネックのアウターにデニム姿の彼は、普段より随分若く見えた。

「それにしても……キッチンが少し、広過ぎません？」

そんな深見から目を逸らしながら、少しだけ、疑念を含めて祐未は言った。使い勝手のいいシステムキッチンは、料理好きの恋人でもいない限り無用の長物のように思える。

「部屋も広くて不思議なくらい綺麗ですけど、普段は深見さんが掃除されてるんですか」

彼の慌てた顔を見てやるつもりでした質問だったが、深見の表情は変わらなかった。

「週に三日、ハウスキーパーを頼んでるんだ。だから掃除のことは気にしなくていいよ」

――ん？　気にしなくていい？

「それにキッチンが気に入らなかったら、祐未さんの好きにカスタマイズしてくれて構わない。内装も家具も、いくらでも変えてくれ」

意味が判らず、祐未は眉を寄せたまま瞬きした。

「そうだ。ドレスのついでに家具を見に行かないか。ソファでもベッドでも、気に入ったものがあれば買い換えよう。家のことは、君の好きにしてくれたら僕も助かる」

祐未は流れる水を止めるのも忘れたまま、ぽかんと深見の横顔を見上げていた。

なにそれ。それじゃまるで、私たちがここで新婚生活を送る、みたいな……。そんなノリになってない？　いくらなんでも、やり過ぎでしょ。披露宴と入籍まではぎりぎり認めるけど。いや、それがギリギリってこと自体、そもそもおかしくはあるんだけど
「それから、……少し言いにくいが、君の仕事のことなんだが――」

食器棚を閉めて振り返った深見は、不審そうな目になってレバーを下げて水を止めた。

「以前田之倉社長とも、話をさせてもらったんだが、僕と結婚する以上、『多幸』で今まで通り働くのは難しいんじゃないかと思う」

それにはさすがに表情を止め、祐未は深見を見上げていた。

「どういう、意味ですか」

「立場でいえば、僕は田之倉社長より上で、君は彼の被雇用者でありながら、僕の妻ということになる。君はよくても、周りがやりにくい、ということだ」

――なにそれ……。

「それに、僕の正直な気持をいえば、今後、君には僕のサポートをしてもらいたい。もちろん給料はきちんと出すつもりだ」

それは――つまり……

祐未は眉をひそめたまま、手を拭ってキッチンを出た。

「ごめんなさい、ちょっと……色々、急過ぎて」

ソファに座って額に手をあてる。それはつまり、どういうこと？　私はこの男の奥さんになって、キッチンのリフォームやら家具のカスタマイズやら、そういうサポートをしていくってこと？　で、給料もらうってこと？　そういう立場ってなんていうんだっけ。

――ハウス、キーパー……

その時、ソファの隅に置いていたバッグの中から、着信を告げる振動音がした。

半日以上着信を確認していなかった自分の迂闊さに驚きながら、祐未は急いでバッグを引き寄せて、スマートフォンを取り出した。

「入院？」

「ええ、とにかく急いで行ってみないと」

玄関に出たところで、深見が追いついてくる。逃げるように身支度をした負い目もあって、祐未は少し躊躇ってから足を止めた。

「昨日会った時も、少し疲れていたようだったから……、叔父は昔から身体が弱いんです」

着信は都内の総合病院からだった。涼二が倒れて入院した。現在検査中とのことだが、免疫が人より弱いのか、昔から涼二はちょっとしたことで体調を崩してしまうのだ。

――もしかして……私が心配をかけたせいかもしれない。

昨日の気まずい別れを思い出し、祐未は唇を噛み締めた。昨日、いったんは涼二の部屋に行こうと決めたものの、深見の部屋の鍵を預かっていることが気になって、土壇場で祐未一人が逆方向の電車に乗ってしまったのだ。

深見は、明らかに不満そうな――疑わしそうな顔をしている。

「どうしても、君が行かないといけないのか」

「身内ですぐ動けるのは私だけなんです。入院するのに、保証人がいるそうなので」

「……本当に病気かな」

さすがにその言葉には、祐未は怒りも露わに眉を寄せた。

「本当に決まってるじゃないですか。今、病院からかかってきたんですよ?」

「いや、……まぁ、そうだな。それは僕の言い方が悪かった」

会話が途切れ、どこか気まずい空気が流れる。会釈して踵を返そうとした祐未は、そこでようやく自分が眼鏡をかけていないことに気がついた。

「眼鏡、返してもらってもいいですか」

少し黙った深見が、手にしていた眼鏡ケースを祐未に向けて差し出した。受け取った途端、ふと肩の力が抜けたような気持になる。

ケースから取り出した眼鏡をかけると、この部屋で過ごした数時間が、まるで遠い過去のように思えてきた。

「じゃあ」

「待ってくれ」

腕を掴まれ、引き寄せられる。祐未は身体を強張らせたが、結局はぎこちなく彼の胸に収まった。

「……今日は、ずっと一緒にいたかった」

すっかり馴染んでしまった体温。優しく髪を撫でられて、ふとこのまま目を閉じてしまいそうになる。

「状況が判ったら、必ず連絡すると約束してくれ。帰れるようなら病院まで迎えに行くよ」

頷きながら、ふと、そんな可愛いことを言う彼を抱きしめたい衝動にかられる。けれどそれは、ひどく危険なことのように思えて、祐未は動かないままでいた。

どうしてだか、これ以上彼の傍で、恋人みたいに振る舞っていてはいけないような気がする。あの、転がっていくリップスティックのように、大切なものをまた失ってしまいそうな予感がする。——

「あの、とにかく一度は連絡します。後のことはその時に、また」

深見の胸を押し戻すと、彼を見ないままにそう言って、祐未は扉を開けて外に出た。


「よかった。じゃあ、入院は今夜一晩だけなのね？」

顔を見た時から安心はしていたが、祐未はほっと息をついて、パイプ椅子に座り直した。

「ただの過労だよ。たまたま来てくれた担当が、慌てて救急車を呼んでしまってね」

病室のベッドで半身を起こしている涼二は、こんな状態でも仕事に追われているのか、膝の上で小型のノートパソコンを開いていた。

「一応検査だけして、何もなければ明日の朝には退院だ。まいったよ、こんな忙しい時に」

実際、そう喋る涼二の目はパソコン画面から一度も離れず、指はとどまることなくキーボードを叩き続けている。祐未はふと、涼二がかつて工科大学に在籍していたことを思い出していた。その頃からコンピューターには強くて、子供だった祐未にパソコンの使い方を教えてくれたのも涼二だったのだ。

「それで悪いんだが、祐未。今日中に届けないといけない原稿のデータが、自宅のハードディスクの中に入ってるんだ。前もやってもらったと思うが……」

「判った。どこの出版社に送ったらいいか教えて」

宛先のメモをとりながら、祐未は申し訳ない気持でいっぱいになっていた。倒れるほど忙しかったのに、昨日、涼二は、祐未を心配してわざわざ会いに来てくれたのだ。

「……あの、叔父さん？」

「ん？」

「私と深見さん、何も本当に結婚するわけじゃないから」

顔をあげた涼二の視線を感じながら、祐未はうつむいたままで続けた。

「披露宴のことは……、なんていうか、色々あって今更やめるわけにはいかないんだけど、その後のことは、ちゃんと深見さんと話し合うつもりだから」

「……話し合って済むことなのかい？」

「悪い人じゃないから。根は優しいし、私のこと大切にしてくれるし、ちゃんと話せば判ってくれる人だから。だから……もう、心配しないで」

しばらく黙っていた涼二は、ふーっと長い息を吐いた。

「祐末に、謝らないといけないな」

「え?」

「実は、仕事の話は全部口実だよ。私のデスクの上にあるものを祐末に見て欲しかったんだ。……深見貴哉の身辺調査書だ」

数秒遅れでその意味を解した祐末は、さすがに不快さに眉をひそめた。

「どういう、こと?」

「黙っていて悪かったが、実は四月くらいから深見貴哉のことを調べさせていたんだ」

「四月? ——叔父さん、深見さんのことを前から知ってたの?」

四月といえば、祐末と深見が見合いする前である。涼二は眉をひそめたままで頷いた。

「そりゃ、知ってたさ。『三慶』時代、兄さんが祐末の結婚相手にと勝手に決めていた男だろう? あの頃祐末は、私と会う度に深見貴哉の話ばかりしていたじゃないか」

——え……?

「迷惑だ。あんなランクの低い男は嫌だってね。今だから言うが、当時の兄さんは、いずれ『みなわ不動産』時代の不正が明らかになることを予感していたんだと思う。だから祐末を、あんなお人好しの、安全牌みたいな男と結婚させようとしていたんだ」

「…………」

「その深見貴哉が、今じゃ起業して実業家になった——ことまでは知っていたが、今年の三月くらいから『多幸』株を買い占め始めた。それで不審に思ったんだ。奴に執着気質があることは祐未に聞いていたし、どうにも、ただの偶然だとは思えなくて」

言葉を切り、涼二は苦々しく眉を寄せた。

「そうしたら、四月を過ぎた頃から、祐未が『トゥディラン』という会社に営業妨害され始めた。その『トゥディラン』は、四月一日をもって『ウエイク』の傘下に入っている。――調査会社に調べさせたら、案の定だよ。『トゥディラン』の行平は、深見から直接指示されて、祐未の仕事を妨害していたんだ」

祐未は黙って目だけを険しくさせた。『トゥディラン』の件では、確かに最初に深見を疑ったし、深見の言動もそれを裏付けるようなものだった。――でも、途中から違うのではないか、と思うようになった。深見はそんなことをするような人じゃない……。

「もっと早く、祐未に警告でもすればよかったと後悔しているよ。まさか奴が、……田之倉社長を介した強引な見合いで、祐未と接近するなんて思ってもみなかったんだ。しかも祐未がそれを受けてしまうなんて」

「…………」

「祐未、……言いにくいんだが、もしかして奴に、弱みでも握られているんじゃないのか？」

ドキリとした。咄嗟に動揺を隠しきれず、祐未は視線を泳がせている。

「なんで、そう思うの」

「……祐未の気持を思うとあまり言いたくないんだが……実は昨日、あれから祐未の部屋に行ったんだ」

　言葉を切り、涼二は気鬱な溜息をついた。

「クローゼットの上の収納箱の中から、マイクロサイズの隠しカメラを見つけたよ。一応証拠品として私が保管しているが、警察に届けるかい？」

　自分の血の気がみるみる引いていくのを祐未は感じた。

　そんなの嘘だ。いくらなんでも有り得ない。でも――先日深見が部屋に来た時、彼のあの、挙動不審な態度はなんだったのか。彼は部屋のあちこちに視線を走らせ、収納箱の中をのぞきこんでいた。むろん、クローゼット上の収納箱も。

　それに、写真だ。

　そもそも深見に脅迫されるきっかけになった盗撮写真。あれは――今思えば、角度的に外から撮れるはずのない……。

　震え始めた指を、手を握り合わせるようにして押さえながら、祐未は言った。

「……警察には、……届けない」

「私もそれがいいと思う。泣き寝入りのようで悔しいが、何が映っているか判らない以上、たとえ警察といえども第三者の目には触れさせたくない」

　祐未は、汗の浮き始めた額を押さえた。深見が、どうしてあの夜浴室でセックスに及んだのか、ようやくその意味が理解できていた。浴室は、ひとまず無事だったのだ。

「祐未。すぐに鍵を取り替えるか、引っ越した方がいい。あのマンションのセキュリティーからいって後者が賢明だと思う。少なくとも今夜は、私の部屋に泊まりなさい」

な気分になった。

覚悟はしていても、封筒に記されたそのタイトルを見ただけで、胃が収縮するような嫌
『深見貴哉に関する調査報告書』

他人の秘密を覗き見るような、なんとも言えない後ろめたくて嫌な気持。が、それが人としての全うな感情だ。深見にはそれが端から欠落していたのだろうか。

南青山にある涼二のマンション。深見の部屋と比べたらさすがに見劣りするものの、人気作家にふさわしいグレードで、深見とは別の意味で、綺麗に――やや神経質なほど綺麗に片付けられている。

書棚に囲まれた涼二の仕事部屋で、祐未は、二度深呼吸してから、封筒の中の冊子を取り出した。

最初のページには彼の生い立ち――小学校二年生で産婦人科医だった父親を胃癌で亡くしたことや、大学二回生で医学部から経営学部に転部したことなど、祐未自身が耳にした事実が簡単に綴られている。

けれどページをめくった途端、祐未は表情を強張らせていた。

大学時代からつきあってきた女性たちの写真とプロフィール。写真はＳＮＳからの抜粋だろうが、モデル並に綺麗な女性たちばかりだ。中には――学生の頃撮ったものだろう。

深見との楽しげなツーショット写真も何枚かある。

『三慶コーポレーション』への入社後、四回生の半ばから同棲していた女性に一方的に別れを告げた――、というくだりは、さすがに読むに堪えなかった。その理由として、当時社長だった美嶋伸朗氏の令嬢との結婚話が持ち上がったからだろうと補記されている。

まるで車を買い換えるように、次から次へとよりグレードアップした女性に乗り換えていく。そして、決して長続きしない。

それが調査報告からにじみ出てくる深見貴哉という男の本性のようだった。

さらに『三慶』入社後――深見と関係を持っていた女性たちの数は二桁に及び、中には祐未の知っている顔も多数含まれていた。

ああ、やっぱりな……と無感動に祐未は思った。あの当時、深見という人物に感じた印象はやっぱり正しかったのだ。嘘くさい笑顔、言動も身につけているものも、何もかも薄っぺらい男。この程度のことなら平気ですると思っていた。別に意外でもなんでもない。

最後に、深見が紗英の手を引っ張るようにして夜のホテル街を歩いている写真を見て、祐未は冊子を閉じていた。

気持は恐ろしいほど冷めていて、なんの感情も湧いてこないのがむしろおかしいくらいだった。

腹が立つといえば、むしろ自分にかもしれない。常軌を逸した方法で接近してきて、脅迫されて、レイプ同然に犯されて、それでもなお深見という異常な人物を信じ、いくばくかの愛情を抱いていたなんて——一体どこまで馬鹿で、お人好しだったんだろう。

スマートフォンがさっきから何度も着信を告げている。一度も出ていないし、留守番メッセージも聞いていないが、それが深見からだというのは判っている。

画面上の『拒否』の文字をタップすると、祐未は登録していた番号を呼び出した。

「石黒主任？　すみません、昨日は届けもなしに休んじゃって。え？　社長から届けが出てきた。あはは、すみませんねー、いつも特別待遇で」

話しながら、バッグの底に入っていた煙草のケースを取り出すと、唇に挟んで、ライターで火をつけた。煙草ってこんなに不味かったっけ、そう思いながら祐未は続けた。

「辞める？　私が？　いやいや、ないですって。絶対辞めませんからその後の編成なんて一切考えなくていいです。それはそうと、実は今から社に顔出そうと思ってるんですけど」


朝から降っていた雨は、午後には本降りに変わっていた。

ドアを開けて、スーツケースを押し出した途端、こつんとそのスーツケースが異物に当たる。祐未は顔をあげた。立っていたのは深見だった。

「……どこに行くつもりなんだ」

険しい声。スーツ姿の深見は、片手に閉じた傘と雨に濡れた茶封筒を持っている。濡れたコンクリートの床を見ながら、祐未は冷たい目のままで言った。

「叔父のところです。今日から私、叔父のマンションに間借りすることに決めたので」

「は？　それは、叔父さんの具合が悪いということなのか？」

祐未が黙っていると、深見が苛立ったようにスーツケースの取手を摑んだ。

「黙っていたんじゃ判らない。一体何があったんだ。昨日、どうして連絡してくれなかった。電話にも出ないし、僕がどれだけ心配したと思ってるんだ！」

「ちょっと、大声出さないでください。近所迷惑じゃないですか」

深見が眉をひそめて祐未を見る。祐未は視線を逸らし、扉を内側から大きく開けた。

「どうぞ。でも乱暴したら、証拠が映像に残るんですよね？　それでも中に入ります？」

「……どういう意味だ」

「言った通りの意味ですけど。それともカメラは一台きりですか？　しらじらしい――驚いた顔なんてしないでください。私のこと、ずっと盗撮してたくせに！」

不意に感情が高ぶって、祐未は両拳を握りしめた。

雨音が強くなる。表情を硬くしたまま、深見は大きく息を吐いた。

「君が、そのことに自分で気づいてよかったと思うよ。けれど、カメラを仕掛けたのは僕じゃない」

「は？　じゃあ誰だって言うんですか」

「その前に聞くが、部屋にはまだカメラが残って――」

「もう言い訳は結構です」

遮るように祐未は言った。

「深見さん以外誰があんな卑怯なことをするんですか。現に深見さん、盗撮した写真で私を脅迫したじゃないですか！」

頬を打たれた人のように、深見の表情が動かなくなる。

「……出てって……。警察に通報しないのは、慈悲でもなんでもありません。私が嫌な思いをしたくないからです」

握りしめた手が微かに震える。が、しばらく黙った深見は、皮肉な微笑を唇に浮かべた。

「……そういうことか」

「なんの、ことですか」

「いや、君の叔父さん……現役推理作家の頭のよさを、すっかり見くびっていたと思ってね。ようやく判ったよ。あの盗撮写真……おそらく動画をキャプチャーしたものが、僕に送りつけられてきた理由が」

「何が、言いたいんですか」

祐未は唇を震わせた。この期に及んでなんて幼稚な言い訳だろうか。しかもその言い方だと、まるで涼二が深見に写真を送ったかのようだ。

「誓って言うが、カメラを仕掛けたのは僕じゃない。逆に聞くが、君に本当に心当たりはないのか」

「もちろんありますよ。目の前に一人、最低の変質者がいますから」

深見の眉が微かに動く。彼が、懸命に怒りを堪えているのが祐未にも判った。

「もう一人、君の周囲には変質者がいるだろう。たとえば姪の寝込みを襲う最低の叔父とか」

「……………はい？」

いいかげんにして――。祐未の中で、最後の理性のようなものがぶつりと切れた。

「冗談はやめてください。叔父さんと深見さんは全然違います。叔父さんはあなたみたいな変態じゃないわ」

「君こそ冷静になったらどうだ。君に隠しカメラのことを知らせたのはどうせその叔父さんだろう。そのカメラを君は見たのか、中に何が映っているかまで確認したのか。賭けてもいいが、そんなものはないし、あったとしても中身は空だ」

「もう聞きたくない、出てって、二度と私の前に現れないで」

「そうして君は、僕に関するあれこれを――その殆どは嘘だが、中に数行真実を混ぜ込ませた見事な創作物を奴に見せられたはずなんだ」

「うるさい、出て行け！」

「その創作物には、僕のことがさぞ詳しく載っていただろうね。いつからかは知らないが、そいつは君のストーカーであると同時に、実に熱心な僕のストーカーだったんだから」

今度は祐未が、打たれたように動けなくなった。

（そりゃ、知ってたさ。『三慶』時代、兄さんが祐未の結婚相手にと勝手に決めていた男

だろう？　あの頃祐未は、私と会う度に深見貴哉の話ばかりしていたじゃないか）

いや、違う。叔父は、深見とは全然違う。苦しい時はいつも傍にいて、支えてくれた。

「……自分の頭がおかしいからって、人まで同じだと思わないでくれます？」

「………………」

「あなたと叔父さんだったら、叔父さんを信じるに決まってるじゃないですか。ストーカーはあなたよ、叔父さんじゃない！」

険しい目のまま立ちすくんだ深見は、不意にその視線を下げると、祐未の腕を摑むようにして部屋の中に入って来た。

「ちょっと、何するんですか、警察を呼びますよ！」

深見は答えない。祐未の腕を摑んだまま、引きずるようにして部屋の中央まで行くと、乱暴な所作でベッドの上に突き倒す。

動揺しながら身を起こそうとすると、両手首を摑まれて布団の上に押し付けられた。

「何って、君を見張っている奴に、見せつけてやろうと思ってね」

暗い声で言うと、深見が顔を近づけてくる。祐未は歯を食いしばって顔を背けた。首筋に、まるで嚙むように唇があてられ、痛いほど強く吸い付かれる。

「ッ……」

目にしなくても、それが痕《あと》になっていることだけは判る。場所を少しずらして同じ真似をしながら、深見は片手で祐未のブラウスを引き出し始めた。

「深見さん、やめてっ」

「君がもう僕のものだと、判らせてやるんだ。まだこの部屋にカメラがあるなら、きっと血相を変えて飛び込んでくるだろうさ」

「やめて——っ、いい加減にしてっ」

冷たい手のひらが肌に触れる。どれだけ抗っても、片手一本で祐未の両手を拘束する深見はびくともしない。眼鏡が外れ、髪が解ける。乱暴に押し上げられたブラジャーの中に深見の手が入ってくる。

——やだ……

「ン……」

喉を吸われながら乳首を愛撫され、抑えきれずに細い声が漏れる。悔しさで視界が潤み、祐未は唇を噛み締めた。

「や、だ……、や……」

どうしてこんな時でさえ、流されてしまうんだろう。どうしてこんな時でさえ、この人の体温や香りが愛おしく思えてしまうんだろう。これじゃ私、ただの馬鹿女……。

気づけば深見が動きを止めて見下ろしている。泣き顔を見られたくなくて、祐未は唇を噛み締めたままで精一杯顔を背けた。

「……祐未さん」

呟いた深見が、髪をそっと撫でようとする。その優しさに何故かますます悔しさが募り、祐未は自由になった手で彼の手を思い切り払いのけた。

「す、好きにしたらいいじゃないですか」

言葉を発した途端、自分でも思わないくらい沢山の涙が溢れでた。

「わ、私の気持なんか、おかまいなしに、いつも、深見さんがそうしてるみたいに」

「…………」

「どうせ、弱みを握られている立場ですしね」

「…………」

新しい涙が溢れ、後は言葉にならなかった。祐未は布団に顔を押し当てるようにして唇と喉を震わせた。静けさの中、窓を叩く雨音だけがいやに耳に響いてくる。

深見が立ち上がる気配がする。彼の足音と衣服が擦れる音を祐未は黙って聞いていた。

「帰るよ」

「…………」

「今日は、本当に悪かった」

祐未は答えず、動かないままでいた。怒りとも悲しみともつかない感情で胸がいっぱいで、どうしていいか判らなかった。

足音が遠ざかり、扉が閉まる音がする。

今夜、間違いなく傷ついたのは祐未の方だし、これまでされたことを考えたら、深見に同情の余地はない。けれど今、深見の方がより傷ついたと思うのは何故だろうか。

そして、彼を傷つけてしまったことが、こんなにも辛いのは何故だろうか――


どこかで、スマートフォンが着信を告げている。

あれからどれくらい時間が経ったのだろう。暗く陰り始めた部屋の中、ぼんやりとベッドに仰臥《ぎょうが》していた祐未は、のろのろと起き上がると、テーブルの上の端末を取り上げた。

「……今、どこにいるのかな」

深見の声だ。まだ外にいるのか、声の背後から、激しい雨の音が聞こえてくる。

鼻水を吸い込んでから、祐未は腫れた瞼を指で擦った。

「そんなの、……深見さんには、判ってるんじゃないですか」

「判らないよ。希望的観測を言えば、君の部屋か、どこかのホテルにいると思いたい」

祐未は黙って、雨に濡れた窓を見た。彼は今、どこからこの電話をかけているのだろう。

「君を、解放するよ」

無理に絞り出すような、深見の掠れた声がした。

「最初に……君と約束した通りだ。僕はもう、君に夢中なんだ。さっきみたいに、理性の何もかもを失ってしまうくらいに」

心臓に重たくて冷たい石が詰め込まれたようになって、祐未はしばらく何も言うことができなかった。これで終わったんだ、と頭の遠いところでぼんやりと自覚している自分が

いる。沈み込んでいくような喪失感の意味が判らないまま、乾いた声で祐未は言った。

「じゃあ、もう私に関心がなくなったってことでいいんですね」

「そうじゃない。……ああ言ったのは僕が自分に張った予防線だ。君を本気で好きになりたくなかったんだ。もう、あんな辛い思いをするのは五年前でこりごりだったから」

——五年前……。

「もう君にも、とっくに僕の気持は判っていると思っていたよ。僕は……君が好きなんだ。五年前も好きだったが、今は、その頃よりもっと好きだ」

喉元で震える何かの感情を、祐未は唇を震わせながら呑み込んだ。

「……未練がましいと思うだろうが、最後にこれだけ確認させてくれ。……改めて、僕と結婚してくれないか」

祐未は何も言えなかった。どうしてだか、喉の奥に言葉が張り付いたようになって出てこない。手足が固まり、思考も同時に固まっている。ただ、あの時の音だけが脳裏のどこかで響いていた。カン、カン、カン、とリップスティックが転がっていく無機質な音。

「……無理、です」

絞り出すように祐未は言った。頭で考えた言葉ではなく、自然に出てきた言葉だった。

「じ、自分が私に……これまで何したか、本当に判ってないんですか。……無理です。深見さんにされたことは許せても、結婚とか……そんなの、絶対、考えられないです」

しばらくの間、スマートフォンからは雨の音だけが響いていた。

「そうか」

どこか、さばさばしたような声だった。

「判った。この話はもう終わりだ。ただひとつだけ頼みがある。来週末の披露宴のことだ」

今となっては夢のように遠い言葉と、いきなりビジネスライクになった深見の口調に、祐未はぼんやりと頷いた。

「君には不本意だろうが、様々な仕事上の関係者を招待している以上――また、その方たちが忙しい時間をやりくりして出席されることを決めてくださった以上、キャンセルだけはできないと思っている。後のことは僕がきちんと説明して後始末をすると約束する。君には絶対に迷惑をかけない。だから形だけでも花嫁になってもらえないだろうか」

「判りました。……それだけなら」

「ありがとう」

落ち着き払った彼の口調に、なぜだか胸が苦しくなる。

「じゃあ、切るよ。今後連絡は加島を通して取り合おう。連絡といっても、披露宴の細かな打ち合わせだけになるが」

「あ……、深見さん」

別に未練で呼び止めたわけではないのに、祐未は少しだけそう言った自分を後悔した。

「あの、忘れ物があります。封筒……、それは、加島さんに渡しておけばいいですか」

「ああ……」

しばらくの間、沈黙が返された。

「悪いが、中身を見ずに捨てておいてくれないか。大したものじゃないが、社外秘なんだ。加島には渡さないでくれ」

電話が切れ、薄暗い室内に雨音だけが響き始める。しばらくぼんやりとしていた祐未は、立ち上がって電気をつけると、深見が投げたままにしている茶封筒を取り上げた。

その途端に、持つ場所が悪かったのか、中から分厚い冊子が滑り落ちる。

眉を寄せてその冊子を取り上げた祐未は、それが深見が昨日見ていたウェディングドレスのパンフレットだと知り、一瞬、言葉を失っていた。

あちこちに付箋がついている。本当に馬鹿だ。丸一日電話を無視されていたのに、彼はまだこんなものを持って、私と話し合おうとでも思っていたのだろうか。

（ウェディングドレスのカタログだ。あれから、色々取り寄せてもらったんだ。見るかい？）

（あんな地味なドレス、祐未さんには似合わないよ。もっとゴージャスで華やかなデザインがふさわしい。これなんかどうだろうか、こっちも捨てがたいんだが）

——馬鹿みたい……。

不意に涙が溢れてきて、祐未は膝を抱えてしゃくりあげた。

言われなくても判っていた。彼は私を、本当に好きになってくれていた。最初の条件がとっくに成就していたことくらい、さすがに祐未だって判っていた。

だから、逆に怖くなった。移り気な彼の心変わりもそうだけど、もし自分が、今の仕事よりも彼をとってしまったら――

ひとつだけ確かなのは、あんなに楽しくて心地よかった場所を、自分で捨ててしまったということだ。

とても大切なものを、今日、祐未は永遠に失ってしまったのだ――

# 5　別れのウェディングドレス

「美嶋、結婚おめでとう!……って、なにやってんだお前?」

朝から快晴の日曜日——仏滅。

素っ頓狂な石黒の声に、祐未はパソコンを打つ手を止めて振り返った。

「何って、式が始まるまで待機してる花嫁に見えないですか」

開いた扉の向こうには、石黒やりえを筆頭に『多幸』の社員たちの顔が並んでいる。

「いや、ていうかすっぴんのままだろ、お前」

「それ以前に、咥え煙草で仕事してる花嫁って、私、初めて見たんですけど……」

祐未はきっと眉を上げて、眼鏡を指で押し上げた。

「ほっといてください。結婚式に対する姿勢は人それぞれなんですから」

そしてスマートフォンを取り上げて、番号をタップする。

「あ、『東工《とうこう》建託』の東野《ひがしの》さん? 『多幸』の美嶋です。今、ご依頼のメールお送りしましたので、確認して……そうですね。今から二時間後くらいにお返事いただけます？」

通話を切った途端、目の前の全身鏡に映る自分の姿が目に入った。

真っ白なウェディングドレス。何の変哲もない、極めてシンプルなデザインである。先日衣装合わせしたものと全く同じにしか見えないが、レンタル物がどうしても我慢できなかったのか、今朝になって深見から新品が贈られてきた。

髪はいつも通りにひっつめ、目には眼鏡。メイクは「アレルギー体質なので」と固辞させてもらった。つまり、ドレス以外は通常モード。

はぁ……と石黒が呆れたような溜息をついた。

「なにガチで仕事してんだよ。ここ数日オーバーワーク気味だったし、正気か、お前？」

「だから言ったじゃないですか。式に対する姿勢は人それぞれなんですよ」

「人それぞれって、お前、招待客はそうそうたる顔ぶれだぞ。それじゃ、深見社長に恥をかかせることに」

「その深見社長ですけど、めっちゃイケメンじゃないですか！」

石黒を押しのけるようにして、背後から総務の女子社員たちが割り込んできた。

「さっき『ウエイク』の子から写メ見せてもらってびっくりですよー。年商二百億のイケメンって、美嶋さん、どんだけ玉の輿なんですか」

「そんな政略結婚なら、私が喜んで受けたのにぃ」

つい先日まで、深見のことをデブだのハゲだの罵倒していた女子たちである。そもそもなんの根拠もないのに、そんな噂が一人歩きしていたことが驚きだったのだが……。

「……深見さん、ロビーにいなかった？」

深見なら、てっきりロビーで招待客の応対をしているとばかり思っていた。

今日祐未は、ここへ来てから一度も深見と会っていない。いや今日だけでなく、最後に電話をした日から一度も二人は会っていない。

「いなかったですよね？」

「そうそう。ウエイクの子たちも捜してましたけど」

顔を見合わせた女性たちの一人が、ふとその目を好奇に輝かせて祐未を見た。

「そんなことより美嶋さん、『三慶コーポレーション』の元社長令嬢って本当です？」

「——ちょっと、その話はしないって約束じゃないですか！」

表情を変えたりえが、怒ったように声を荒らげる。その場の空気が一瞬で凍りつき、全員が微妙な表情になった。

「あ、そ、そうだったっけ。でも……もうみんな知ってることだし。ねぇ」

「あれだけSNSで拡散されてるんだし、いいんじゃないの、もう」

石黒が、取り繕ったような表情になって祐未を見る。

「まぁ、あれだ。お父さんも今日出席されるんだろ？　その話題は避けられないと思うし……、いいんじゃないか、そろそろその手の話題をオープンにしても」

——ああ、そうか。石黒さんは最初から知ってたんだ。

石黒は、祐未の最初の上司である。その石黒に、先代社長が事情を話していたのだろう。祐未は表情を強張らせたまま、煙草を取り上げて唇に挟んだ。

SNS——それは、吉澤がやったことだろうか？　それとも深見が？　それとも——。判らない。もう誰を信じて、誰を疑ったらいいのか、深見と別れた夜から祐未には何ひとつ判らなくなっている。

あの日からビジネスホテルを転々として、もう自宅にも戻っていない。涼二にだけは、心配しないでと伝えてあるが、所在までは知らせなかった。深見の話を鵜呑みにしたわけではないが、心のどこかで涼二を疑い始めている。だからこそ余計に顔を合わせたくない。

「深見さんの友人関係から、漏れたんですよ」

いきなりそんな声が、どこか気まずい空気に割って入った。

「あれだけ有名な人ですもん。結婚相手の名前くらい即検索されますって。祐未さん、ご結婚おめでとうございます」

祐未は煙草を落とし、ぽかんと口を開けていた。扉の前に、ピンクのワンピースをまとった小柄な女性が立っている。少し面立ちが細くなったが五年前の面影そのままの……

「……紗英……？」

「はじめまして。その『三慶』時代の同僚だった新庄です。やっだー、祐未さん、別人にもほどがあるし！　あのキラキラだったドSな祐未さんはどこ行っちゃったんですか！」

いきなりケラケラと笑い出した紗英を、全員が唖然とした目で見つめている。

祐未は言葉も出なかった。紗英の名前は、もちろん招待客リストにない。だとしたら深見が別途招待したのだろうか。でも、いくらなんでも、元カノを披露宴に呼ぶなんて……。

「ま、まぁ、美嶋は今でもドSだけどな」

「ある意味、キラキラ……いえ、むしろギラギラしてますし」

石黒とりえが、戸惑ったように顔を見合わせる。紗英は笑うのをやめ、指で涙を拭う仕草をしてその二人に向き直った。

「深見さんと祐未さん、実は『三慶』時代から相思相愛だったんですよー」

えっ、とその場に新たな驚きの声が生まれた。

「あんな事件があって、深見さんの将来を考えて、祐未さんが身を引いたんです。でも深見さんは諦めなかったんですねー。『三慶』を辞めて独立して、五年越しの愛を実らせるなんて、めっちゃロマンティックじゃないですか」

——……………はい？

顎を落とす祐未の周囲で、野郎女子を問わず甘ったるい歓声が響いた。

「マジかよ！　美嶋、お前月九のヒロインか？」

「やだー、やだー、もうー、超萌える〜。やばいやばい、なんですかそのいい話！」

「いい話でしょ？　これまで苦労した二人のためにどんどん広めちゃってください」

紗英は、にこにこしながら無責任に煽り立てる。さすがに祐未は立ち上がっていた。それは困る。そんな嘘っぱち——しかも深見と祐未は、頃合いをみて離婚——いや、そもそも入籍さえしなかったことを公表する予定なのだ。

その祐未に、紗英は笑いながら視線を向けた。祐未はドキリとして言葉を呑む。

紗英の目は、五年前のあの日、微笑みながら深見を見つめていた目と同じだった。


「いつから煙草なんて吸ってるんですか。美容に悪いって、前は毛嫌いしてたのに」

祐未さんと二人で話がしたいから——紗英のリクエストに応えるように『多幸』の面々は出て行き、今控室には祐未と紗英の二人きりになっている。

「……仕事上、喫煙できる方が有利な時があるから」

祐未が答えると、くすっと紗英は呆れたように笑った。

「らしいですね。やっぱり祐未さん、昔と全然変わってない」

——変わってない？

それはさすがにないだろう。が、そういえば深見にも同じ皮肉を言われた気がする。

「別に、深見君に招待されたわけじゃないですよ」

祐未の気持を先読みしたように紗英は言った。

「一昨日くらいにＳＮＳで結婚するって知って、私から彼に連絡したんです。なんで招待してくれないの？　あんなにラブラブだった元カノじゃないって」

自分の心臓が重く締め付けられて、どくんと鳴った。

「好きにしていいって言われたので、来ちゃいました。さっきヤクザみたいな人に聞いて驚いちゃった。こんな大袈裟な披露宴までして、本当に結婚するわけじゃないんですか？」

祐未は黙って、眉だけを微かに寄せた。きっと加島さんが紗英に一通りの事情を説明してくれたのだろう。でも、そもそも紗英は、なんのためにここに来たのだろうか。

「あらら、本当だったんだ。深見君もお気の毒。……拍子抜けしちゃったな。嫌みのひとつでも言おうと思って来たんだけど」

紗英は軽く肩をすくめると、表情を少しだけ硬くして祐未を見た。

「……手紙のこと、深見さんから聞いてます？」

——手紙？

祐未が不審な目になると、紗英はたまりかねたように噴き出した。

「あははっ、言ってないんだ。ほんと、深見君って駄目だなぁ。前から言ってあげてたのに。かっこつけるのもいい加減にしないと、祐未さんにはなんにも伝わらないって」

「なんの話？」

「あー、馬鹿みたい……、なんのために来たんだろ。私」

涙を指で払うような所作をして息を吐くと、紗英は祐未に向き直った。

「あの頃、私、隠れてつきあってたんですよね。祐未さんの彼氏と」

「知ってる。……でも私と深見さんは、別につきあってたわけじゃないから」

「いやいやいや、違いますって。吉澤さんです。祐未さんと婚約してた」

うつむいたままの姿勢で、祐未は数秒固まっていた。

「……え？」

「あの頃の私、とにかく祐未さんが大ッ嫌いで……、家柄の良さとか学歴を鼻にかけた高慢なところが大嫌いで、早く死んでくれないかなーとまで思ってたんです」

祐未は眉根に力を入れて視線を下げた。それは初めて耳にする元友人の本音だった。

「うち、母子家庭で……私自身奨学金で大学出てて、まぁ、そんなのただのコンプレックスですけど、とにかく祐未さんのこと好きな同性なんてあの頃一人もいなかったし、祐未さんもそれは自覚してるもんだと思ってました。上辺だけのつきあいだって」

紗英は言葉を切って、綺麗な脚を組み直した。

「誘惑された時、まだ吉澤さんは祐未さんの求婚者の一人に過ぎなかったんですけど、すぐに最低な男だって判りました。表ではいい顔しても裏では祐未さんの悪口ばっかり。それで気があって、すぐに深い仲になったんです」

「……深見、さんとは」

掠れた声で祐未は口を開いていた。

「深見さんと、つきあってたんじゃないの？」

「つきあってませんよ。嘘ついたんです。ていうか、吉澤さんに協力してあげたのかな」

（彼、案外遊び慣れてたから、あまり祐未さんに向いてないかもしれないですよ）

祐未は黙って唇を噛んだ。思えばあの一言が契機になって、吉澤との婚約を決めたのだ。

「祐未さんが吉澤さんと婚約した後は、何も知らない祐未さんを裏切るのが楽しくて、三日にあげずセックスしてました。上手く隠してたつもりだったけど——どうしてだか、それを深見さんに知られてしまったんです」

そこで初めて、紗英は不快そうに眉をひそめた。

「深見さんの、あの執念深さというか……あれ、ちょっと異常ですよね？　彼、吉澤さんの女関係を徹底的に調べていたようなんです。どこで調べたのか、よく利用するラブホ前で深見さんが待ち構えていた時にはぞっとしました。彼、他の女は許せても私だけは許せなかったみたい。私が祐未さんと一番仲良くしてるように見えたからだと思いますけど」

ラブホ——。ラブホテル街で、紗英の手を引いて歩いている深見の写真。ではあれは、その時の写真だったのだろうか。

「以来、吉澤さんとは別れた方がいいって顔を合わせる度に説教されるようになりました。なんかもう、しつこいわうざいわ、祐未さんがストーカーって言ってた意味がようやく判った気がしたんですけど……」

当時のことを思い出すように、紗英は少しだけ目を細くした。

「まぁ……いつの間にかそんな深見君に、情が移っちゃったのかもしれないですね。気づけば私が、彼を追いかけるようになってました」

思わず表情を硬くして視線を下げた祐未を、紗英は少しおかしそうな目で見てから、続けた。

「そんな判りやすく動揺しなくても、もちろん相手にもされませんでしたよ。相変わらず馬鹿みたいに祐未さん一筋――腹立ちましたよ、マジで。私のこと本気にさせたくせに、どう責任とってくれるのよ、みたいな。だからあの日、ちょっと意地悪しちゃったんです。……祐未さんが最後に出社した日のことですけど」

最後に出社した日――うつむいたまま、祐未は目を見開いた。

午後から雨が本降りになったあの日のことだ。

「深見君あの日……まぁ、色々思いつめてたんだと思いますけど、祐未さんに手紙を書いて、机の上に置いていったんです。ほんのちょっとの差でしたけど、私が先に見つけて破り捨てました。てか馬鹿ですよね、そんな大切なもの、普通机の上なんかに置きます？」

「……手紙にはなんて？」

激しい動揺を堪えて祐未は訊いた。胸の底であの日の雨音が響いている。

「もし望みがあるなら、屋上で待っていますって。女子高生かっての。噴いちゃいましたけど、マジで」

「…………………」

「深見君、それで雨の中、社の屋上で待ってたんです。祐未さんのこと、ずっと……」

言葉を途切れさせ、一瞬だけ唇を震わせると、紗英は元通りの涼しげな顔に戻った。

「祐未さん、深見君がどうして『三慶』を解雇されたか、知ってます？」

「え……？」

「祐未さんが退社した後——どうせ吉澤さんでしょうけど、祐未さんのエロい噂が社内に一気に広がって、その噂を本気にした幹部の一人が、公の会議の場で祐未さんを侮辱するようなことを言ったんです」

　紗英は微かに笑って肩をすくめた。

「深見君が怒って、そいつの胸ぐらを摑んで終わりです。反美嶋体制下でしたからね。美嶋社長に気に入られていた彼は、その頃にはもう厄介者扱いでしたから」

　立ち上がった紗英は、ふと足を止めて祐未を見下ろした。

「私思うんですけど、祐未さん、最初から深見君のこと好きだったんじゃないですか」

　祐未はうつろに顔をあげた。その途端、目頭から鼻筋を伝って涙が溢れたが、それを拭うことも忘れていた。紗英が、少し気の毒そうな目になる。

「私のカンですけど、本当はどストライクで好みだったんです。でも祐未さん、彼氏の条件にやたらと厳しかったから……、きっと、うっかり一目惚れしちゃったのを、認めたくなかったんですよ」

　紗英が去った後も、祐未はしばらく動くことができなかった。頭の中は、今聞いた話でいっぱいで、どう整理していいかさえ判らない。

　——深見さんが……私のために……。

　信じられない。そんな馬鹿げたことで彼は『三慶』を辞めたのだ。紗英も言っていたが、祐未も心から思っていた。深見貴哉は、自分が思うより何倍も馬鹿な男だった。

判らない。父親という後ろ盾をなくした自分に、深見は一体何を求めていたのだろうか。父が社長だった時ならともかく、逮捕されて以降、自分のどこに彼を惹きつける要素があったのか、どう考えても判らない——

その時、静かに扉が開いたので、祐未は涙を拭って立ち上がった。そして、少しだけ動揺して息を引いた。立っていたのは黒いスーツを身にまとった叔父の涼二だった。

「叔父さん……」

咄嗟に、ここ数日の、あたかも逃げまわるような行動の言い訳をしようとした。その後ろめたさは、同時に叔父に対する疑いの裏返しでもある。が、遮るように先に口を開いたのはひどく暗い目をした涼二だった。

「祐未……、実は大変なことになったんだ」

「え？」

「兄さんが、今朝事故にあった。意識不明の重体だ。急いで病院に行かないといけない」

——え……。

「一刻を争うから、祐未も行った方がいい。深見さんには今私から一報を伝えた。後のことはなんとでもなるから、すぐにここを出よう」

「え、でも」

祐未は激しく動揺しながら、身にまとったドレスを見た。

「構わない、とにかく着替える暇も惜しいんだ」

大股で歩み寄って来た涼二に、ぐいっと腕を掴まれる。引きずられそうになりながら、祐未はかろうじて踏みとどまった。

「ちょ、ちょっと待って、あの……どこの病院かだけでも教えて」

「それなら深見さんに知らせてある」

祐未は迷いながら周囲に視線を泳がせた。誰もいないし、とても涼二の勢いに逆らえる雰囲気ではない。しかも父が事故なんて——本当だったら、結婚式どころではない。

「叔父さん」

「まだ判らないのか、ことは一刻を争うんだ！」

「ち、違うの。実はこのドレス、式場からの借り物で」

「借り物？」

「勝手に持ち出して問題になったらいけないから、着替える間だけでも待ってくれる？」

「——祐未……」

初めて見るような苛立った目で、涼二は祐未を振り返った。

「見え透いた嘘はよしてくれ。そのドレスは深見さんがオーダーしたものだろう。どっちにしても後で送り返せばいい。行こう」

祐未は凍りついていた。そしてその瞬間、自分が無意識に涼二を試したことに気がついた。ドレスは昨日まで確かにレンタルする予定だった。でも、今朝になって急遽宿泊先のホテルに同デザインのオーダーメイドが届けられたのだ。祐未も今朝まで深見がオーダーしていたことを知らなかったし、ホテル名は、加島にしか知らせていない——

「……どうしてそんな目で私を見るんだ」

恐ろしく静かな声で、涼二は言った。

「私は何か、ミスでもしたのか？　でもそんなことはどうでもいいはずだ。祐未、私と一緒に行ってくれるね」

「どこ、に……」

「どこでもいい。日本ではない遠い場所だ。小説はどこにいたって執筆できる」

腕を掴まれたまま、祐未は一歩、後ずさった。

「……叔父さん、自分が何を言ってるか判ってるの？」

「判ってないのは祐未の方だ。このままだとお前は、生涯深見の籍に縛られて苦しむことになる。こんなに大々的に披露して、後でなかったことにできるものか。奴にも信用とプライドがある。——祐未、お前は騙されているんだ」

「にゅ、入籍まではしないのよ、叔父さん。それは説明したじゃない」

「まだ判らないのか、もうお前がサインして印まで捺された婚姻届が、今朝区役所に届けられているんだ！」

——え……？

「という偽情報が、僕のダミーのアドレスから、加島のアドレス宛に送られている」

静かな声が背後からして、同時に扉が開く音がした。

「今日まで、いくつもの罠を張ったが、最後の最後でようやくひっかかってくれた。まさか、こんな判りやすい嘘ひとつで、正気を失うとは思ってもみなかったよ。うちのサーバーに無断で侵入したハッカーは、やっぱりお前だったんだな」

新郎の衣装に身を包んだ深見だった。隣には加島が立っている。その加島が口を開いた。

「こちらでの会話は全て録音させていただきました。断っておきますが、これは我が社に対する営業妨害——れっきとした犯罪の証拠を押さえるためにしたことです」

「……犯罪の、証拠？」

涼二は口元に不思議そうな冷笑を浮かべた。

「当社のネットワークに不正侵入して、取引先各社に架空の告発文書を送ったことや、『トゥディラン』の行平純一をリストラ対象者だと偽って脅迫し、美嶋祐未さんの仕事を邪魔させたこと。この披露宴を社長になり代わって申し込んだことも含まれます」

はっと涼二が息を吐くように笑った。

「馬鹿馬鹿しい——今の会話ひとつで、それだけのことが立証できるとでも思っているのか？　入籍のことなら私は祐未の口から聞いたんだ。祐未が貴様らの企みを漏れ聞いて、それを私に打ち明けた。そうだろう？」

なんの疑いもなくまっすぐに自分を見つめる涼二の目に、祐未は初めて鳥肌が立つような恐怖を覚えた。いつからだろう——いつからこの人は、こんな異常な光を優しい双眸の下にひそめていたのだろうか。

「……叔父さん……それは違う……」

ゆっくりと首を横に振り、祐未はじりっと後ずさった。何もかもが、悪夢のようだった。ずっと信じられなくて考えないようにしていたが、部屋を盗撮していたのが深見でなければ、思い当たる人物は確かに一人しかいない。——涼二だ。

「私、何も叔父さんに話してない。深見さんに何をしたの？　それに『トゥディラン』のことだって」

「祐未、頼むから私の言うことを信じてくれ」

「いや、放して——」

「どうしてだ！　私はずっと祐未を支えてきた！　ずっと私一人が祐未の味方だったじゃないか！」

凄まじい剣幕に、祐未は凍りついたように動けなくなっていた。

なおも何か言い募ろうとした涼二の前に、加島が素早く身体を割り込ませる。どこをどうされたのか、祐未はあっさりと解放され、涼二はその加島に壁に押し付けられている。

膝をついた祐未の傍に、すぐに深見が駆け寄ってくる。彼は祐未の肩を抱くと、怒りをたたえた目で涼二を見上げた。

「……全ては祐未さん次第だが、うちの会社にしてくれたことで警察に突き出すのだけは勘弁してやる。僕にしても、これ以上美嶋社長を苦しめたくないからな」

「祐未……何をしてるんだ。早く人を呼んで、この無礼な連中を追っ払ってくれないか」

弱々しい声でなおも毒づく涼二に、深見はたまりかねたように立ち上がった。

「ただし、二度と同じ真似をしてみろ。いくら美嶋社長の弟でも容赦しない。民事でも刑事でも徹底的に争ってやる。姪に対する盗撮行為もさることながら、うちが被った損害もきっちり貴様に弁償してもらうからな！」

「……警察に届けたほうが、今後のためにもいいような気がしますがね」

加島の気遣わしげな声を、深見は苦々しげに遮った。

「つまみだせ――もう十分だ」

加島に腕を引かれた涼二が部屋から連れ出されていく。祐未はその場に膝をついたまま、立ち上がることもできなかった。

「大丈夫か……？」

深見が手を差し伸べている。祐未はのろのろと深見を見上げ――迷うように首を横に振ってから、自分で立ち上がり、傍らのソファに腰を下ろした。

まだ心臓がどくどくと鳴っていて、思考が上手くまとまらない。

「……君は怒るだろうが、……実はこの披露宴自体が、美嶋涼二を炙り出すための罠のようなものだったんだ」

立ったままの深見が、少し気の毒そうに口を開いた。祐未が顔をあげると、彼はわずかに目を細め、少し離れた一人がけのソファに腰を下ろす。

「君と最後に会ったあの日、僕は君を盗撮している人物が美嶋涼二だと確信した。まぁ、それ以前から薄々疑ってはいたんだが、自分のスキャンダルな写真をわざわざ僕に送りつけてくる意味が判らなかったんだ。――全く君の叔父さんは頭のいい人だよ。彼は、僕がその写真を君に見せるであろうことを予想していたんだ。その上で盗撮の罪を僕に被せ、いずれは告発するつもりだったに違いない」

「……なんで……そんな……」

「答えは、水城りょうの小説の中にあった。そういう意味じゃ、奴は動機を隠そうともしていなかったんだ。『サイコパス探偵』は、心を病んだ元刑事が主人公だ。彼はシリーズを通して、最初の事件で引き取った孤児の女性を屈折した愛情で拘束している。……祐未さんも読んだことがあるはずだが」

もちろんある。祐未はうろ覚えだった小説のあらすじを思い出そうとした。

「美しく成長した孤児を、主人公は庇護者として一見温かく見守っている。が、その裏で主人公は、彼女の友人や近親者を嘘で遠ざけ、どうしても自分を頼らざるを得ない状況を意図的につくりあげている。――彼女を精神的に監禁しているんだ。それはそのまま、祐未さんと美嶋涼二の関係にあてはまる」

祐未は唇を震わせた。あらすじはその通りだ。でもヒロインが自分だなんて、考えてもみなかった。

「君には悪いが、あれから美嶋社長とも依子さんとも、個別に話をさせてもらった。二人とも、祐未さんに嫌われていると頑なに思い込んでいたよ。君の署名入りの絶縁状まで出てきた時は僕もさすがに絶句した。――判っていると思うが、全て美嶋涼二がしたことだ」

「……どうして……叔父さんは、そんな……、だって私たち、親戚なのに」

深見はそれには答えず、ただ眉だけを険しくさせた。

「ショックだろうが、今後あの男には一切関わらないことだ。気の毒だとは思ったが、美嶋社長にも今回のことは伝えてある」

思わず顔をあげた祐未を、深見は気遣うような目で見つめてから、続けた。

「僕はそれを……どうしても君に知って欲しかった。誓って言うが、僕の名誉のためじゃない。君があの男を自分の意思で危険だと認識しない限り、永久に奴の手中から逃げ出せないと思ったんだ」

「…………」

「差し出がましい真似をしてすまなかった。今日は、美嶋社長と依子さんも来られている。落ち着いたら、会ってくるかい？」

答えられない祐未をしばらく見つめると、深見は小さく息をついて立ち上がった。

「披露宴はこれで中止だ。万が一を考えたが、ドレスはレンタルでもよかったな」

――万が一……？

祐未はぼんやりと顔をあげたが、深見はもう祐未に背を向けて、扉の方に向かっている。

「皆に謝りに行ってくる。君には少し煩わしいことになるかもしれないが、約束どおり迷惑はかけないよ」

「――私のために、『三慶』をやめたの？」

口にした途端、一番動揺したのは祐未だった。深見が少し驚いたように振り返る。祐未は逃げるように視線を逸らし、それでも次の瞬間再び深見を見上げていた。

「どうしてなの？」

「どうして、とは？」

「どうして私のことが好きだったの？　私なんかをどうして？――だって私なんて、父が逮捕されたら、なんの価値もないじゃない！」

「…………」

「なんの価値も……、だってあの頃の私、何も、持っていなかったんだから」

唇が震えだし、祐未は両手で口を押さえた。深見が、ゆっくりと歩み寄ってくる。

「……正直に言うよ。確かに最初は美嶋社長の娘ということ以外、君になんの魅力も感じなかった。――でも、ある時美嶋社長にこう言われたんだ」

――父に……？

「君と僕は似ているって」

「……え？」

「君はいつも頑丈な鎧――昔はファッション誌から抜け出したようなスタイルで――今は、ビジネスに特化したスタイルで、一種病的なまでに自分をガードしている人なんだ。そして本当の自分を決して表に出そうとしない。僕もそうだった。本当の自分の弱さや暗さを見せたくなくて、いつもいい人を一生懸命演じていた」

言葉を切った深見が、祐未の前で膝をつく。

「美嶋社長は言っていた。祐未さんがそうなったのは、自分の躾が厳し過ぎたせいだろうと。君は実のお母さんを幼い頃に亡くしている。美嶋社長は、内気だった君をお母さんのような社交的な女性にしたくて、随分厳しく躾けたそうだね」

「…………」

「君は弱い自分を懸命に隠して、母親のような華やかな人であろうとした。そして次第に、外見や資産といった条件こそが、自分を守ってくれると思うようになっていった。それも無理はないと思う。実際、君の周囲はそんなものを重視する人たちばかりだったんだから」

深見は祐未を静かに見上げ、熱をこめた口調で続けた。

「僕は、そんな君に、次第に惹かれた。鎧の下の臆病な素顔が愛おしくなった。僕は君が昔と何ひとつ変わっていないと言ったね。外見は変わっても、君の本質は何も変わっていないんだ。相変わらず、臆病で、不安で、そんな自分を必死になって守ろうとしている」

「……違う……」

初めて祐未は弱々しく反論して、首を横に振った。

「……わ、私をそんな風に正当化しないで、そんな……いい話なんかに、しないで」

「正当化するつもりも、いい話にしているつもりもないよ」

「だって、傷つけたじゃない！」

言った途端、ぽろっと涙が頬に零れた。

「ふ、深見さんのことも、紗英のことも、き、気づかなかったけど、他にもいっぱい、いっぱい傷つけちゃったじゃない。……っ」

後は言葉にならなくて、祐未は喉を鳴らすようにしてこみあげる嗚咽に堪えた。涙だけがぼろぼろと溢れてどうしようもなく唇を震わせる。

「わ、私なんか、あの頃も、今も、なんの……、なんの価値もない、そ、そんな風に言ってもらえる、価値なんて、ないのよ」

「君に価値がないなんて、どうしてそんな風に思えるんだ……」

溜息をついた深見は、苦々しげに唇を噛んでから、立ち上がった。

「──判った、認めよう。僕は君のストーカーだ。そしてストーカーの僕が言うのだから間違いない。君は素晴らしい人だ。どんな状況にあっても一生懸命で、自分の力で窮地を切り抜けることができる稀有な人だ」

──なに、それ……。

「それだけじゃない。性格は優しくて可愛いし、表情も仕草も全部品があって美しい。仕事に関しては男の僕でも太刀打ちできないほどの努力家だし、多分どんな仕事についても成功するだろう。そんな優れた女性が、一体、他に、どこにいる？」

一瞬、呆然と深見を見つめた祐未は、すぐに我に返って顔を背けた。

「っ、そんなの、この世で深見さんしか思わない、他の人から見たら私なんて」

「他人がなんだ、僕が知っているだけじゃ駄目なのか。僕がそんな君を愛おしいと思っているだけじゃ駄目なのか」

祐未は、打たれたように息を止めた。

深見は祐未の前で再び膝をつくと、少し躊躇いがちに手を差し伸べる。

「君は再会してから、一度も僕の手を取ろうとしないね。……何度もふられて未練がましいとは思うが、それでも僕は、もう一度君にプロポーズしたい」

祐未は黙って、深見の大きくて綺麗な手を見た。

その手は、今まで何度も祐未を助けるために差し出された。そして、祐未の身体に優しく触れて、隅々まで愛してくれた。

もう、迷う必要がないことは判っている。口に出して確かめるまでもない。いつからと言われればよく判らないが、自分は深見が好きなのだ。好きだからこそ、これまで何をされても受け入れることができた。今、彼の手を取ってしまえば、夢のように楽しい日々が待っていることも判っている。でも――

「……怖くて……」

「怖い？」

再びうつむいてしまった祐末を、深見は不審そうな目で見上げた。

「わ、私には今、仕事しかないんです。私、……また、何もかも失って、空っぽになるのが怖いんです」

「どういうことだろう。意味が」

「……仕事しかない私が、仕事を失って、もし深見さんだけになったら——」

愛なんて不確かなものを、一体どうやって信じていけばいいのか。その時いくら好きになっても、人の気持は簡単に変わる。それに、人の命には限りがある。

「それで、深見さんがいなくなったら、じゃあ私はどうなるの？　そんなの、そんな不確かなもの、信じて生きていくのは、無理です……！」

「…………」

「また、何もかもなくすのは、いや……」

——怖い。

頭の隅で、またリップスティックが転がっていく音がする。

自分を守ってくれていた何もかもが、一瞬で消えてしまう恐怖、不安、孤独……。

もうあんな思いは二度としたくない。その思いだけで今日まで必死に生きてきた。

これで深見さんを失ったらもう私には何もない。また空っぽになる。また……

しばらく祐末を見つめていた深見が、ゆっくりと立ち上がった。

「……僕は神じゃないから、一生君の傍にいるなんて無責任な約束はできないよ」

予想外に冷たい言葉に祐未は表情を強張らせていた。

「命の保証なんて、ない。たった一秒先のことだって判らないのが人だ。決めるのは君だ。僕に、それ以上の手助けはできない」

「…………」

どこかで着信を告げる音がした。同時に、扉がノックされる。着信が深見のスマートフォンのようだったので、祐未は急いで涙を拭うと、立ち上がった。

「ああ、加島か、――え？」

背後で深見の声を聞きながら、祐未は扉に向かって歩き出した。深見に突き放されてしまった動揺が、無意識に歩調を速くさせている。

「祐未さん、出るな！」

深見が怒鳴る声が聞こえたのと、目の前でいきなり扉が開いたのが同時だった。

――え……？

後のことは、何もかもがスローモーションのようだった。蒼白になった涼二が、血濡れたナイフを突き出してくる。動けない祐未の身体を、背後から深見が抱き寄せる。そのまま世界が反転する。

次の瞬間、金属が擦れるような嫌な音がして、深見の呻き声が耳元で聞こえた。

突き飛ばされた祐未は、膝をついて顔をあげる。深見と涼二が取っ組み合うようにしてもつれあっていた。涼二が細い悲鳴をあげ、ナイフがカランと床に落ちる。

「祐未さん！」

深見が叫び、祐未は弾かれたようにそのナイフを取り上げた。べっとりと血に濡れている。手が、がくがくと震え始める。

そこにようやく加島が駆けつけて来た。加島が、涼二を深見から引き離す。そして顎の辺りを殴るところまで見えた。

腹の辺りを押さえた深見が、壁に背を預けるようにしてずるずると腰をつく。

それが現実だとはどうしても思いたくなかった。彼の白いタキシードは、もう下半身が真っ赤に染まっている。

「——ふ、深見さん……っ」

ナイフを投げ捨てた祐未は、もつれる足で深見の傍に駆け寄った。傍らにしゃがみこむと、深見は青白い顔に気遣わしそうな表情を滲ませ、祐未を見る。

「……怪我は？」

「わ、私はなんとも——それより、深見さんが」

「僕は、大丈夫だ」

大丈夫なわけがない。これだけの出血をしている以上、間違いなく動脈が切れているのだ。

けれどそれを深見に伝えていいかどうか判らなくて、祐未は深見を抱き寄せるようにして、傷口辺りに強く手を押し当てた。どくどくと溢れでる感触がして指の間から新たな血が溢れてくる。

「……ちょっと、切れているのかもしれないな」

苦しそうに息を吐き、深見がうつろに呟いた。

「祐未さん、母さんを呼んでくれないか。……あの人は医者なんだ。簡単な縫合なら特別な器具がなくても、してもらえるはずだ」

もう、そんな段階ではないような気がする。けれど祐未は震えながら頷いた。

加島がしゃがみこみ、「失礼」と言って深見の傷口辺りの衣服を手早く裂いた。

「ちょっといってますね」

「そうだろう」

青ざめた深見が、力なく頷く。

「すぐに美登里さんを呼んできます。それまで社長を見ていてもらえますか」

加島の目配せは、本当の症状を深見に伝えるな――ということだろう。彼はまだ自分を軽傷だと信じている。もし本当の状態が判ったら、ショック状態に陥るかもしれない。

壁際には、両手をわなわなと震えさせる涼二がへたりこんでいて、何かをしきりに呟いている。

「……がいけないんだ……、いようって約束したのに、ずっと一緒だって、約束したのに」

うわ言のような言葉を呟き続ける涼二を、加島が胸ぐらを摑むようにして引きずり起こした。その加島の袖からも血の雫が滴っている。

「……祐未さん、ドレスが汚れるから、もういいよ」

「何言ってるの。そんなこと、もうどうでもいいから」

祐未はドレスの裾のありったけで、深見の傷口を押さえ続けた。真っ白なドレスがもうたっぷりと血を吸って、それはまだ収まる兆しすらない。それに比例するかのように、深見の顔色はますます白く、目はうつろになっていく。

もう認めるしかなかった。彼の命は、今、この血流と共に尽きかけているのだ。

「祐未さん、僕なら本当に大丈夫なんだ。それより」

「何が大丈夫なのよ！」

祐未は金切り声をあげていた。もう無理、冷静にしてなんていられない。

「やだ……」

唇が震え、涙が後から後から頰を伝った。どうしてこんなことになってしまったんだろう。たった一秒先も判らない未来。こんな残酷な結末が待っているなら、せめてその一秒でも彼を喜ばせてあげたかった。本当の自分の気持を伝えたかった。

「やだ、やだ……、深見さん、死なないで」

「だから、僕は死んだりしない」

困惑したように手を伸ばした深見が、その血濡れた手を見て、表情を止める。

「だめだ……血が……」

みるみる蒼白になると、ふっと糸が切れたように目を閉じる。祐未はその頭を必死に抱き寄せると、自分の頬を彼の冷えた頬にあてた。

「死なないで、……深見さん」

彼が何か呟いたように聞こえたが、それはもう言葉にはなっていない。

「あなたが好きなの……愛しているの。本当はずっと好きだったの、最初から好きだったの。ごめんなさい、ずっと気づけなくてごめんなさい」

遠くから救急車のサイレンが聞こえてくる。祐未は動かなくなった深見を抱きしめたまま、途切れることなく愛の言葉を囁き続けていた。

# エピローグ

「やっぱり、この写真ですかね」

神妙な顔で二枚の写真を見比べている加島が、一枚を祐未の方に差し出した。

「遺影に使うなら、笑っていないお顔の方がいいような気がします」

うーん……と、祐未は眉を寄せた。

「そうかな。最後くらい笑顔で締めてもいいんじゃないかしら」

「どうですかね。社長は笑うと生来の人の好《よ》さがでて、ちょっと経営者として頼りなく見えるんですよ」

「ああ、なるほど。それで深見さん、最初はあんな仏頂面だったんだ」

「――いい加減にしてくれないか」

二人の背後から、深見の不機嫌そうな声がした。

「どこの世界に、結婚式の写真を遺影に使う馬鹿がいるんだ。縁起でもない。加島もいちいち真剣に悩まないでくれ」

「人の未来なんて、一秒先も判らないって言ったのは、深見さんじゃないですか」

まだ怒りが収まらないままに、祐未は腰に両手をあてて立ち上がった。

「だから今のうちに遺影を選んでいたんです。ほんっと人を馬鹿にしてるわ。私、今日のことは一生忘れないですからね」

はぁ……と深見が何度目かの溜息をつく。

「だからこの計画は僕じゃなくて加島が立てたと言ったろう。しかもそれで結果的には軽傷で済んだんだ。一体何に、そんなに腹を立てているのか判らない」

むぅっと祐未は唇を突き出した。

実際あの瞬間のことは、何度思い出しても腹が立つ。

あの後すぐに駆けつけて来た深見美登里は、泣きむせぶ祐未をあっさりと引き離すと、動かない息子の頬に強烈な平手を放ったのだった。

(完全にこと切れてるわね)

以下、会話の相手は加島である。

(傷の程度は?)

(左脇腹に三センチ程度、皮一枚切れているだけだと思います)

(じゃあ後は血糊ってこと? バカね、なんてことしてくれたの。貴哉は昔から血が駄目で、すぐに気を失ってしまうのよ。それで医者になるのを諦めたくらいなのに)

(失念していました。申し訳ありません)

彼らの隣で呆けたように座り込んでいた祐未は、次第に顎が落ちてくるのを感じていた。

――え？　てことは、これ……もしかして、ただの気絶？

血糊って、なに？　どういうこと？　どうしてそんな真似をする必要があったわけ？

美登里はその後、深見の傷口をざばざばと水で洗い流すと、ホテルの従業員が持って来た針と糸を使い、ものの一分で縫合した。その頃には深見も目を覚ましていて、「せめて麻酔を……か、母さん、それは絶対嫌がらせだろう！」と情けない悲鳴をあげていた。

(とにかく大勢の人を待たせてるんだから、披露宴だけは済ませてきなさい。その程度の怪我で痛そうな顔なんかしない。――さぁ、貴哉！)

そんなこんなで、あれだけの事件が起きたにも拘わらず、披露宴は定刻に始まり、そして定刻に終わったのである。

もちろん水面下では色々あった。涼二の逮捕がそれである。ただ披露宴を控えているということで警察も考慮してくれたのか、祐未らへの事情聴取は明日行われることになった。

涼二も、実際に人を刺してしまったことにショックを受け、すっかり意気消沈しているらしい。ようは加島の思惑がずばり当たったということだ。彼は深見のスーツの下に血糊をたっぷり詰め込んだシートを巻きつけ、万が一刃傷沙汰になった時、相手を動揺させて戦意を喪失させるよう図ったのだ。

結果、深見は軽傷で済んだし、涼二に対する処罰までは求めていない。おそらくは軽い罰で済むのではないか——というのが加島の推測だった。

(祐未には、もっと早く打ち明けておけばよかったよ。……これは美嶋家の恥になるから、死ぬまで言うまいと思っていたんだが)

披露宴の後、およそ一年ぶりに祐未は父と二人で話した。

(涼二は、お前の産みの親である千紘《ちひろ》を、ずっと好きだったようなんだ。……千紘はとても困っていてね。あまりに涼二の行動が度を越していたから、当時生きていた私の父が、業を煮やして涼二を家から追い出したんだ)

(私は涼二が可愛かったから、それは父の誤解だと信じていた。だが……千紘が事故で死んだ後、涼二が、千紘によく似たお前に執着を抱くようになったのは間違いないんだ)

それは、初めて耳にする衝撃の事実だった。

(だから私は、お前に、涼二には会うなときつく言ってしまったんだ。……涼二ももういい年だ。作家として成功してからは、すっかり落ち着いたんだとばかり思っていたんだが)

涼二とは、落ち着いたら話し合ってみたいと思っているが、まだそれには少し時間がかかるような気がする。——

「じゃあ、私はそろそろ失礼しますよ。今夜中に祐未さんの荷物を、社長のマンションに運ばなくてはならないですから」

加島が立ち上がったので、祐未は急いでその後を追った。

「あ、あの……ありがとう。でも引っ越しくらい、週末に自分でやりますから」

「お任せください。明日には、ご夫婦で一緒に生活できるようにしておきますよ」

その言葉に、少しだけ頰を染めた祐未の前で扉が閉まった。

──ふ、夫婦って……まだ籍入れたわけじゃないんだけどな……。

それも明日、区役所で届けを済ませる予定になっている。

ちなみに明日は平日で、深見にも祐未にも、いつも通りの仕事が待っている。新婚旅行は元々計画していなかったし、双方仕事があるから当分行くこともないだろう。

これはまだ深見には言っていないが、今年いっぱいで『多幸』は辞めるつもりでいる。二人で改めて話してみて、深見が祐未に求めているのが、主婦ではないと判ったからだ。

彼は祐未に、『ウエイク』で彼のサポート役として仕事をして欲しいと思っていたのだ。

まぁ、一人で勘違いしていた部分もあったにせよ、深見も少し言葉足らずだったと思う。

その深見に、祐未はひとつだけ確かめておきたいことがあった。

「あの、深見さん？」

「ん？」

深見はベッドで半身を起こしたまま、手元のスマートフォンに見入っている。

披露宴後、すぐに待機していた医師に手当をしてもらった深見は、ホテルの部屋に落ち着いて以来、ずっとベッドに横になっている。ここ数日殆ど寝ていなかったという彼は、相当疲労が蓄積していたらしく、意識を失ったのも、体調によるところがあったのだろう。

披露宴の最中もずっと顔色が優れなくて、祐未は何度もハラハラしたものだ。

「さっきから、何見てるんですか？」

祐未は少し眉を寄せてから、深見の傍に歩み寄った。

披露宴を行ったホテルのスイートルーム。今夜一晩だけ、二人はこの部屋に宿泊する予定になっている。

「もしかして仕事ですか」

「いや、今夜だけは何があっても連絡するなと言ってある。見るかい？」

スマートフォンを差し出される。祐未は少し躊躇ってから、ベッドの端に腰を下ろし、液晶画面に視線を向けた。

「――え……」

「綺麗だろう。写真屋がデータだけ先に送ってくれたんだ。今、どれを待ち受けに使おうか迷っていたところだよ」

「ちょっ、ちょっ、待ち受けだけは真面目に勘弁してください」

「どうして。どうせ君は、こんな姿を二度としてはくれないだろう？」

万一に備え、レンタルを回避してオーダーされたウェディングドレスに、その万一のことが起きた。ホラーじゃあるまいし、さすがに血染めのドレスでは披露宴に出られない。

開始まで三十分。式場スタッフの懸命の努力で、祐未の泣きはらした顔は綺麗にメイクで上書きされ、乱れた髪には海外アニメのプリンセスみたいなウィッグが付け足された。

まるで戦争のように慌ただしい流れ作業の中、目が点になるほどゴージャスなドレスが引き出されてきても、もう「それじゃない」とは言えなかった。

祐未が会場に出てきた時の、まさに石像と化した石黒の顔――『多幸』の社員たちの開いたきりで塞がらない口。もう、明日仕事に行くのがある意味怖くて仕方ない。

「僕には、この方が生来の君という気がするけどね」

スマートフォンを傍らに置いて、どこか優しい口調で深見が言った。

「君は生まれも育ちも、生粋のお嬢様なんだ。何を食べても綺麗な食べ方しかできないし、外でホットドッグなんて、どうやって食べていいかさえ判らない。質素な生活をしているようで、衣服は決して安物ではなかったし、家具や食器も品質のいいものをセレクトしていた。なにより、君はいつだって、僕の衣服のブランドをチェックしていただろう？――多分誰に対しても、君は無意識にそうしているはずなんだ」

すぐに反論しようとしたが、祐未は言葉を呑み込んだ。言われたことは心外だ――でも確かに、それが事実だったからだ。

「誤解しないでくれ。僕はそれを間違いだと言っているんじゃない。それが君だと言いたいんだ。その優れた選別眼と良質な美意識が、僕の好きになった祐未さんなんだよ」

まるで生き方の本質的な矛盾を指摘されたような気分だった。けれどその上で、今のままでいいと深見は言ってくれているのだ……。

何も言葉が出てこなくなった祐未は、おずおずと深見を見上げた。

「……本当に？」

深見は微笑して頷いた。

「実は僕の部屋は、君と見合いする直前に購入したんだ。家具も衣服も何もかも、君の好みにあわせて買い揃えた。白状すれば、僕のセンスは……昔とさほど、変わってはいない」

今度は祐未が、少しだけ笑って首を横に振った。

そんなこと、もうどうでもいい。いや、最初からどうでもいいことだった。

彼のセンスがどうだろうが、それを含めて、もう好きになってしまったのだから。

「……僕も必死さ。おかしいくらいだ。どうしても君に、僕という人間を見直して欲しかったから」

抱き寄せられ、祐未は体重をかけないように気を遣いながら深見の胸に頬を寄せた。温かくて――すごく心地いい匂いがする。私の、大好きな人の匂い。

「深見さん、ひとつ、聞いてもいいですか」

「ん？　どうぞ」

祐未は、少し躊躇ってから深見を見上げた。

「どうして、お父さんに謝っていたんですか？」

深見が、身体の動きを止めるのが判った。

「今日――意識を失いそうな時、深見さん、父さんごめんってうわ言みたいに呟いたんです。……私、それでてっきり、もうだめだと思い込んじゃったんですけど」

彼の横顔が、わずかに翳る。

「あ、言いたくなければ別に」

「いや、いいよ。話す——聞いてくれ」

小さく息を吐いて、深見は続けた。

「うちは古くから続く産婦人科医院で、父も母も産婦人科医だった。——父が死ぬ一年ほど前かな。出産中の事故で、うちで預かっていた患者さんが亡くなられたんだ。元々経営的には成り立っていなかったうちの医院は、たちまち借金だらけになった。父はその頃から胃癌を発症していたんだろうが……病院には、かかっていなかったんだと思う」

祐未は黙って深見の静かな横顔を見つめた。

「ある日、冬だったかな。僕が学校から帰って、ひょいと診察室をのぞいたら、父がくの字になって苦しんでいてね。びっくりして駆け寄ったら、その途端に、吐血したんだ」

当時のことを思い出したのか、深見の横顔が険しくなる。

「すごい血の量だった。当時の僕から見たらだが、実際洗面器二杯分くらいは血を吐いたらしい。そしてそれが、僕の記憶に残る父が生きていた最後の姿だ」

「その時、……亡くなられたということですか」

深見は嘆息し、ゆっくりと首を横に振った。

「僕は情けなくもその時に気を失って、逆に瀕死の父に介抱されたんだ。——夕方目を覚ました時、父はもう死んでいたよ」

「………………」

「何度も、あの日の夢を見る。それこそ呪われたみたいに何度も何度も。そして後悔に苛まれる。あの時僕がしっかりしていれば、父はもう少し生きていられたのかもしれない」

祐未はそっと深見の手を握りしめた。彼が微笑して、視線だけを祐未に向ける。

「それから何かに追われるように必死になって勉強した。父の跡を継がなければいけないと、頑なに思い込んで生きてきた。でも、血が怖いというトラウマだけはどうしても克服できなかった。母さんは、僕に産婦人科医は無理だとずっと言ってくれていたんだ。――辛かったよ。僕は無能の役立たずだと、医学部時代は毎日自分を責めていた」

その弱さや苦悩を決して人に悟られないように、きっとこの人はいつも爽やかに笑い続けていたんだろう。心の底で、一人劣等感を抱きながら――

でも、彼が今日本当の私を好きだと言ってくれたように、私もこれからは、彼のそんな弱さを支えて生きていきたい。

「そんな僕だが、美嶋社長との出会いによって、別の道に進む決心ができたんだ。あるいは僕は、美嶋社長に自分の父親を重ねていたのかもしれない」

「……それで、うちの父のストーカーに？」

む、と深見が眉を寄せる。祐未はおかしくなってくすっと笑った。

「否定します？　だって深見さん、自分でストーカーだって認めちゃったじゃないですか」

「――あれは君を説得するための方便だ。僕は誓ってそんなものじゃないぞ」

「別に否定しなくても。私、そういうちょっとおかしい深見さんがすごく好きみたいです」

「………………」

胸から伝わる彼の心音が速くなる。ああ、男の人もこういう時って鼓動が速くなるものなんだな、と少し恥ずかしいような気持でふと思う。

彼が首を傾ける気配がしたので、顔をあげると自然に唇が重なった。甘くて優しい、啄むように柔らかいキス。

眼鏡を外そうとして、披露宴の時からずっとしていなかったことに気がついた。密度を増していくキスに、幸福で胸がいっぱいになる。もうこのキスの意味をいちいち考えなくていいし、不安に思うこともないのだ――もう、何も。

が、今は深見の怪我のことだけが心配だった。

「ん……、深見さん、あの、このくらいにしておかないと」

「大丈夫だ、腹に力を入れなければ問題ないよ」

そう言って祐未の背を抱いて、さらに引き寄せようとする。けれどその刹那、彼の眉が苦痛に耐えるようにひそめられたので、祐未は急いで身を起こした。

「やっぱり、駄目ですよ。傷口が開いちゃう」

「呪わしいな……、今ほど、君にキスしたいと思うこともないのに」

祐未は、深見の首の下に手を差し入れるようにして、彼の頭を枕の上に乗せてあげた。

「……キスだけですよ」

「ん?」

不思議そうに瞬きをする深見から、祐未は恥ずかしくなって視線を逸らした。

「私がするから、……深見さんは動かないで」


「ン……んっ、ん……」

静かな部屋に淫らな水音が響いている。深見の手でお尻を撫で上げられながら、どうしてこんなことになってしまったんだろうと、祐未は溶けそうな理性の中で考えていた。

仰向けになった彼に、かがみこんでキスをしていた。最初は恥ずかしさもあって、冗談みたいな軽いキス——深見もくすぐったそうに笑っていたし、祐未もすぐにやめるつもりだった。

それが、だんだんやめられなくなった。キスは次第に深くなり、深見の手が熱っぽく肩を滑り、腰を撫で、胸に触れた。

舌を出すようにと囁かれた時には、もう祐未の思考も定まらなくなっていて、深見の言うままにした。祐未が差し出した舌を深見は自分の唇で吸いとり、口の中に引き入れるようにして愛撫した。気づけばブラウスの前ボタンは全部はだけて、ブラから零れ出た胸を両手が優しく包み込んでいる。

「ン……、ふ、深見さん……も……、だめ……」

「大丈夫……、祐未さん、そのまま、僕の上に跨がって」

「だ、だめ、お、お腹に当たっちゃう」

「当たらないように気をつけて。そう、そうやって四つん這いになるんだ。でもその前に、自分でショーツを脱いでくれるかな」

いつもそうなるように、もう、何を言われても魔法にかけられたように逆らえない。祐未がショーツを脱ぐと、深見はその背中に手を伸ばしてブラウスと下着を取り払った。

「ヘッドボードに手をついて……そう、いいよ、祐未さん」

深見の言う通りにすると、重力で垂れた胸が、深見の顔辺りに触れるか触れないかの位置になる。

深見はどこかもどかしく薄桃色の蕾に舌を這わせると、チュッと軽く吸って舌先で蕾を転がした。

「ふぅ……ン……ん」

声を必死で堪えながら、恥ずかしさで膝が震える。彼の両手は祐未のお尻を双方から撫で上げて、指先を時折、濡れた花芯の中にクチュリと忍び込ませてくる。

「や……ああ、……ぁ」

もどかしい愛撫に、すっかり快感に慣らされた身体が甘く焦れてくる。

「祐未さん、駄目だよ。顔をあげたら、君の可愛らしいところを舐められなくなる」

「ン……」

祐未は涙で目を潤ませながら、ヘッドボードで自分を支え、胸だけを彼の唇に触れるようにした。

「いい子だね。正直いえば、僕は君の、このギャップがたまらないんだ。今ももう、君を苛めたくてしかたなくなっているよ」

下から焦らされるように乳首を舐められて、祐未ははしたなく腰を動かす。お尻から離れた片方の手が祐未の内腿を撫で、ぬるぬるに濡れた割れ目に指を這わせてきた。

「んんっ、いや、ン……、あん、やっ、あん」

「気持ちよかったら、自分で腰を振ってごらん。もっといいところを弄ってあげるから」

「だ、だめ……、こんなの……、あ……ン、んっ、やだぁ」

舌で乳首を舐め転がされながら、チュプチュプと指を抜き差しされて、たちまち頭の芯が白くなる。祐未は歯を食いしばるようにして、絶頂に揺さぶられる身体を懸命に支えた。

下で深見が、少し辛そうな息を吐く。

「さすがにここまでくると、僕の方がきついな。君の中に入りたくてはちきれそうだ」

片手で引き出されたものが、祐未の内腿に押し当てられる。その感触に胸の奥まったところがぞくっとする。それは限界まで硬く張り詰めてそそり立ち、腿の間でどくどくと脈打っているようにさえ感じられる。

「……あの、……し、し、したことは、ないん、ですけど」

少しの間逡巡した祐未がおずおずと口を開くと、深見が苦笑まじりの息を吐いた。

「口でしてくれるかい？　嬉しいけど、今そんな可愛い真似をされたら、傷口なんておかまいなしに、君の中にぶちこんでしまいそうだ。いや……そうだな」

深見は言葉を切り、祐未の腰を抱くようにしていざなった。

「いっそ、このまま挿れてしまおうか。祐未さん、僕のものを自分で中に挿れてごらん」

祐未は驚きで目を見開きながら深見を見た。そんなこと、できるわけがない。

「まっ、待って、やだ」

「大丈夫だよ。ほら」

抵抗しても深見に催促されれば断れない。膝立ちになった祐未の秘裂にゆっくりと深見のものがあてがわれる。羞恥のあまり祐未は両手で顔を覆った。

「ん……、ここかな。ぬるぬるになっててわからないね。そう、自分でいい位置にもっていって、……そのまま腰を沈めるんだ」

「だめ……、怖い」

「怖くないよ、前もこの体位でしただろう？　そう、君の部屋の浴室で。あの時と一緒さ。違うのは、君がリードしてくれるというだけだよ」

祐未の両手を顔から引き剝がすようにして、深見は自分の手で絡めとった。

「そう、いいよ。……ゆっくり……そう……、んっ」

「や……ぁ」

自分の恥ずかしい場所に、深見のものが沈み込んでいく。互いの下肢が密着するまで呑み込んでしまった時、祐未は深い官能の萌芽を感じて、甘い声を漏らした。

「ん……まずいな、……こっちが、引きずり込まれそうだ」

片方の目を細めた深見が、苦しそうな声で呟く。

「動いて……祐未さん。多分、あまり持ちそうもない。自分の一番いいところを、僕のもので擦ってごらん」

私、頭がどうかしてしまったんじゃないだろうか――

わずかに残った理性の片隅でそんなことを思いながら、祐未は深見と両手指を絡めたまま、腰を動かし始めた。

「ん……ン……」

「っ……、祐未さん……、思ったより、上手だね」

目前に、どこか艶めかしく眉をひそめている深見の顔がある。情欲で濡れた双眸は半眼になり、薄く開いた唇から荒い息が吐き出されている。

――あ……

自分が彼をこんな風に変えたのだと思うと胸がきゅっと締め付けられ、たまらない気持になる。祐未はいっそう深く腰を動かし、深見の手を握りしめたままで背を反らした。深くて温かな官能が、繋がった場所から身体の芯を満たしていく。

パチュン、パチュンと淫らな水音をたてて肉体が密着する度に、それは少しずつ輪郭を露わにしてきて、祐未を今までにない高みに押し上げる。

「あ、……あ、いい」

呻くように、祐未は細い声を漏らした。

「……祐未さん、僕も……、すごくいいよ」

「ん……い、っ、いい、あ……深見さん、……あ、ン、……好き」

彼の手がいっそう強く祐未の手を握りしめる。

「……ふ、かみさん、好き、……す、好き、……大好き」

祐未の下で彼がくぐもった声を漏らすのが判ったが、同時に祐未も、頭の中が一気に痺れるような快感に突き上げられていた。

「っあ……、あ、あ……」

びくんびくんと繋がったものが脈打ち、祐未の柔肉も官能の余韻でひくついている。

言葉は何もいらなかった。ただ二人が互いに、今までにない場所に辿り着いたという充足感だけがあった。

深見の上に乗らないように気をつけながら、気だるい身体を横たえる。いたわるようなキスを額に感じながら、祐未は自分の意識が遠くなっていくのを感じた。


カン、カン、カン……。

闇の中を、リップスティックが転がっていく。

祐未は手を伸ばしている。いつものように届かない。どうしても届かない。

もうそれは戻って来ない。でも、いいのだ。本当に大切なものは、いつだって自分の中にあったのだから――


「目が覚めたかい?」

薄く目を開けた祐未は、自分を見下ろす深見の顔を見て、夢うつつに頷いた。室内は暗く陰り、淡いオレンジの照明だけが寄り添う二人を照らし出している。

「ご、ごめんなさい。すっかり寝ちゃって……、深見さん、食事は?」

「いいよ。もう、今夜はここから動きたくない」

彼の双眸が、少しだけ憂鬱そうに見える。祐未はそっと手を伸ばし、深見の端整な頰に触れた。

「……どうしたの?」

「いや、……よかったのかな、と思って」

言葉の意味を測りかね、祐未は困惑して眉を寄せる。深見は気鬱そうな息を吐いた。

「君は、その手のことに無知なのかもしれないが、さっき僕は、君と避妊せずにセックスしてしまったんだ」

――あ……。

「今までは、一応……気をつけていた。僕なりに。正直言えば君があまりに無防備だったから、別の意味で心配になったほどだ。でも今夜は、……止められなかった」

さすがに祐未は、自分の頰が熱を帯びるのを感じた。

「ごめんなさい。そういえば私も考えてなかった」

「いや、君が謝ることじゃないだろう」

深見は呆れた目になって半身を起こそうとする。が、傷口に障ったのか、眉をひそめるようにして再び枕に頭を預けた。

「──僕はいい。何人だって僕の子を産んで欲しいくらいだ。でも君には……仕事のキャリアがあるだろう」

自分の胸が、温かいものでゆっくりと満たされていくのが判った。

僕はいい、何人だって僕の子を産んで欲しいくらいだ──。以前の祐未なら恐怖すら感じていた言葉に、どうしてこんな深い喜びを覚えてしまうのか、自分でもよく判らない。

「キャリアなら、また積み直せばいいだけですから」

深見の横顔を見つめたままで祐未は言った。

「もう年も年ですから、子供は早い方がいいと思います。深見さんが欲しいだけ、何人でも産んでいいですよ」

彼の目が、本当に驚いたように祐未に向けられる。

「驚いた……」

「そんな顔してますね」

「僕が、君の好みのどストライクだったことも驚いたが、今のはもっと驚いた」

「——っ」

今度、驚いて跳ね起きたのは祐未の方だった。やっぱり聞かれていた——控室で紗英と話したあの会話。録音されていたのは加島の口から説明されたが、だったら深見の耳には絶対に入らないよう、加島に念を押しておこうと思っていたのだ。

「あ、あれはですね。全然違います。紗英の、勝手な推測に過ぎないですから！」

「僕もそう思っていたが、少し疑わしくなってきた」

「もうっ、自惚れないでください。深見さんは私の好みとは違います」

頬に手が添えられ、優しく唇が塞がれる。

「——そういうことにしておこう。でもそろそろ深見さんはやめてもらえたら嬉しいな」

楽しそうに笑うと、深見は傷口を庇うようにして半身を起こした。

「やっぱり腹が減ってきたな。シャワーを浴びて、外に食事にでもいかないか」

「い、いいですけど、シャワー、大丈夫なんですか」

「もちろん、祐未さんに手伝ってもらうつもりだよ」

——それ……絶対食事に行く気なんてないよね。

また彼の部屋に泊まった夜の二の舞いだろうか？　そんな不安を覚えながらブラウスを羽織っていると、先にベッドから下りた深見が、振り返って手を差し出す。

大きくて綺麗な手を、祐未はしばらく黙って見つめていた。

もう、失うことを恐れたりしない。いつか運命が残酷な岐路を用意したとしても、この瞬間を失うことに比べ得るものなど、何もない。

「じゃ、シャワーの間、隅々までじっくり観察させてもらおうかな」

「え……」

「今度は私が、貴哉さんの弱みを握りますから」

祐未はにこっと笑うと、言葉も出ない深見の手を取って立ち上がった。

# あとがき

最後まで読んでくださいまして、ありがとうございました。

オパール文庫では初めての書き下ろしになります。この本で初めて石田累《いしだるい》を知っていただいた方も多いと思いますが、いかがだったでしょうか。

実は私、あとがきを書くのは、今回が初めてでして……。「書いてみたいな」と憧れていた時期もあったのですが、いざ書こうとすると何ひとつ頭に浮かばない（汗）。正直、本編以上に悪戦苦闘しています。

なので、大した内容じゃないですけど、あと数行だけ我慢しておつきあいください。

当初、このお話は、『美人で仕事もできる年上女子が腹黒な後輩男子に脅迫される』という極めてシンプルな王道ストーリーのつもりで書き始めました。

が……、書いている内にふと気づけば、ヒロインを巡る男子全員が、なにかしらストーカーっぽい気質の持ち主になっていました。

それが段々面白くなってきて、途中から「誰が最強のストーカーか」「これはストーカー同士の戦いだ！」みたいなノリになってきちゃいまして……。

深見さんの「僕は、断じてそんなものじゃない」という声が聞こえてきそうですが、期せずして裏コンセプトがそんな感じになってしまいました。

しかも、そんな私の内に秘めた熱意を、編集部の方々が感じ取ってくださったのか、つけていただいたサブタイトルが『イケメンストーカー社長』（笑）。

裏コンセプトが、ついには表に出てきちゃったということですね。本当に深見さんの「僕は、断じてそんなものじゃない」という声が聞こえてきそうです。

いつも作品を公表する度に思うことですが、私一人の頭の中にあった世界を誰かと共有できるのは、この上ない幸せです。

自分の作ったキャラクターたちが、他人様の頭の中で生き生きと動いているのを想像するのは本当に楽しいし、小説を書いててよかったなぁと心から思えます。ぜひ、一人でも多くの方にこの作品を読んでいただけますように！

最後になりますが、素敵なイラストを描いてくださった篁《たかむら》ふみ先生。駄目な私を励まして作品を完成に導いてくれた担当様。本当にありがとうございました。

この本を手に取ってくださった皆様が、少しでも楽しい時間を過ごしていただければ幸いです。

石田累

# Illustration gallery

# お見《み》合《あ》いから溺《でき》愛《あい》！

オパール文庫をお買い上げいただき、ありがとうございます。
この作品を読んでのご意見·ご感想をお待ちしております。

**ファンレターの宛先**
〒102-0072　東京都千代田区飯田橋3-3-1
プランタン出版　オパール文庫編集部気付
石田 累先生係／篁 ふみ先生係

**オパール文庫＆ティアラ文庫Webサイト『L'ecrin《レクラン》』**
**http://www.l-ecrin.jp/**

著　者——**石田 累**(いしだ るい)
挿　絵——**篁 ふみ**(たかむら ふみ)
発　行——**プランタン出版**
発　売——**フランス書院**
〒102-0072　東京都千代田区飯田橋3-3-1
電話(営業)03-5226-5744
　　(編集)03-5226-5742
印　刷——誠宏印刷
製　本——若林製本工場

ISBN978-4-8296-8274-6 C0193

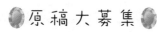